夏昆◎著　摩崖◎绘

趣讲宋词

从 东坡居士 —— 到 一代才女

天地出版社 | TIANDI PRESS

序
这么好，不给孩子读可惜了

最近这些年，我在一百多场讲座中，对数千听众提过同样一个问题，这些听众包括学者、作家、教师、大中小学生以及普通市民，到现在为止，这个问题没有一个人能回答出来。这个问题就是：

谁能说出唐代或者宋代每个皇帝的名字？

表面上看，这个问题似乎并不难，唐代是我国历史上最强大繁荣的朝代之一，共历二十一帝；宋代北宋共历九帝，南宋九帝，总共十八帝。然而，在这上百场讲座的数千听众中，却没有一个能够完全说出其中一个朝代所有皇帝的名字。

事实上，即便有人能说出来，作为主讲的我也无法判断其正误——我也不知道正确答案——除了历史学者，谁会去关心这个问题呢？

紧接着，我会问第二个问题：

在座的有谁不知道李白、杜甫、王维、孟浩然、王昌龄、王之涣、岑参、柳宗元、刘禹锡、白居易、贾岛、孟郊、杜牧、李煜、欧阳修、苏轼、柳永、秦观、黄庭坚、李清照、辛弃疾、陆游……？

这个名单还可以继续扩展，但是无论名单多长，这些年上百场讲座的数千听众，从不满十岁的小学生到七八十岁的爷爷奶奶，没有一个不知道他们，而且很多人还能对他们的生平和作品如数家珍，娓娓道来。

两个问题一对比，我们很容易明白，经过数千年时间的淘洗，历

史留给我们的最重要的东西究竟是什么。

在一个特定时代，那些帝王似乎是绝对的至高无上的统治者，他们拥有皇冠和权杖，住在豪华富丽的宫殿，只言片语皆为圣旨，心念微动即为雷霆；他们由宰相、将军、宦官和妃嫔拱卫环绕，就像是被众多行星环绕的永不熄灭的恒星；他们的传记连篇累牍、卷帙浩繁，他们的丰功伟绩人皆仰之，似乎注定会永垂不朽、被万世景仰。然而，数百年或者上千年之后，我们却记不住他们之中大多数人的名字，哪怕这些名字曾在很长一段时间内如雷贯耳，无人不知、无人不晓。

反之，那些生前很可能并不煊赫，甚至是潦倒一生的人们，却让我们永远记住了他们的名字，不仅如此，还包括他们的文字，他们的生平，他们的喜怒哀乐、悲欢离合。他们生前或主动或被动与皇权疏离，死后历史却给了他们最公正的地位，甚至超过了许多曾经高高在上的帝王，因为他们有一顶高贵而神圣的冠冕——诗人。

如果说一个国家的文化是一顶皇冠，那么诗歌一定是这顶皇冠上最璀璨的那颗明珠。不仅中国如此，这个蓝色星球上所有民族的文化都是如此。在经过历史淘洗之后，诗人和他们的作品往往会带着民族文化发展的印记，成为一个民族的骄傲，如莎士比亚、拜伦、雪莱之于英国，歌德、席勒之于德国，普希金之于俄国，泰戈尔之于印度，也如李白、杜甫、苏轼等之于中国。这是一个民族值得保有和珍惜的东西，也是我们真正应该带给孩子的东西。

这么好的东西，如何带给孩子们却是一个难题。同样在我的讲座中，我问过很多孩子：

你们喜欢古诗词吗？

很多孩子回答喜欢，但是也有孩子说不喜欢。我问他们为什么，他们的回答总是"害怕背诵"。在很多大人眼里，背诵似乎是对古诗词学习的唯一检测方法，毕竟很多家长认为，能背诵古诗词对语文考试的默写题会有很大帮助。然而生硬的背诵很容易消磨孩子对诗词的兴趣，这是诗词学习最大的误区，也是很多孩子后来越来越抗拒诗词的根本原因。

十多年前，我孩子还小的时候，我就试着用讲故事、绘画的方式带孩子走进古诗词，取得了很好的效果，因为当孩子通过故事走近诗人，走进了诗人的时代和命运，那些诗句就变成了故事的注解，这样一来，诗词还有什么难于背诵的呢？

得益于当年孩子的提醒，我对给孩子讲诗词故事的大部分内容都做了记录保留。这一套《趣讲唐诗》《趣讲宋词》便是我在之前的记录基础上进行补充完善，形成的一套适合小学生和初中生阅读的诗词故事书。而且，在天地出版社的编辑们的建议下，书中又加入了很多妙趣横生的彩色插图，增加一些疑难字的注音，书后面还附上了十篇左右的补充阅读诗词，这样，无论是从书的体量还是形式上来看，这套书都更适合中小学生阅读。这些都是天地出版社的编辑们精心研究孩子年龄和认知特点后认真做出的调整，在此我谨对他们的努力与付出表示诚挚的感谢。

如前面所说，古诗词是中国文化中最精粹美丽的部分之一，这样美好的部分承载的不仅是我们璀璨的文化，还有人类共同的情感，能让我们的孩子们学会欣赏美，学会去爱，学会用最美的中文说出心中最真实的想法。这样美好的东西，如果不让孩子读，实在太可惜了。感谢天喜文化的董曦阳总编辑、徐宏编辑和范琼编辑，是他们的努力使这套书以如今这样美好的面貌呈现于读者面前，也让我十多年前给孩子读诗词的美好得以重现。

以上，是为序。

2022 年 10 月 20 日星期四

001　司马光除了会砸缸还会写词？

007　谁因为脾气倔而被苏轼叫作"拗相公"？

013　谁因为有"四痴"而潦倒一生？

020　什么？他的科举文章竟然是瞎编的？

025　哪一首词被公认为豪放词的开篇之作？

031　**中国诗词中国节**：关于中秋节的诗词

036　乌台诗案是怎么回事？

042　苏轼为什么又叫苏东坡？

050　为什么说苏轼是宋朝的超级段子手？

057　宋朝就有人写《春天在哪里》了？

063　**中国诗词中国节**：关于重阳节的诗词

068　谁长相奇丑却有一个小清新的外号？

074　为什么宋代很多女子能写一手好词？

079　**中国诗词中国节**：关于元宵节的诗词

084　历史上最有名的才女是谁？

089　纳兰容若也是李清照的粉丝？

094　晚年的李清照为何境遇凄惨？

目录

100　宋代还有哪些著名的女词人？

105　谁的死是南宋的巨大耻辱？

113　陆游为何多次游沈园？

118　陆游为什么成为秦桧的眼中钉？

124　**中国诗词中国节**：关于冬至的诗词

128　古代最惊人的一次特种部队突袭行动是哪次？

133　南渡后的辛弃疾为什么长期被排挤闲置？

138　主战派辛弃疾对开禧北伐持怎样的态度？

144　**中国诗词中国节**：关于腊八节的诗词

147　附录：古诗词补充推荐阅读选篇

司马光除了会砸缸还会写词?

说起司马光,很多人会联想到他小时候砸缸的故事。据说司马光七岁的时候跟小朋友们一起玩,一个小朋友不小心掉进了一口装满水的大缸。缸里水太深,眼看这个小朋友就要被淹死了,其他的小朋友吓得无计可施,只有司马光沉着冷静,他搬起一块大石头,"砰"的一声把大缸砸了个洞,水流出来了,小朋友也得救了。司马光由此名声大噪,这个故事至今都广为流传。

关于司马光还有一个故事:据说他十二岁的时候,跟着父亲到利州(今四川广元)上任,遇到一条巨蟒盘在栈道中间挡住了去路。其他人都惊慌失措,司马光却临危不惧,拿着宝剑一剑刺在巨蟒的尾巴上,巨蟒疼痛难忍,到处翻滚,结果摔下了高高的悬崖。

从这两个故事可以看出,司马光是个足智多谋而且做事果断的人。司马光最大的功绩当然不是砸缸,也不是刺蟒,他是北宋

著名文学家、政治家、史学家，曾经担任过宋朝的宰相。他在文学和史学上最大的成就是主编了《资治通鉴》，这部书上起周威烈王二十三年（前403），下至五代周世宗显德六年（959），涵盖了十六朝一千三百六十二年的历史，共二百九十四卷，历时十九年才完成。修这部书的目的是"鉴于往事，有资于治道"，意思是给皇帝和大臣提供治理天下的参考，《资治通鉴》因此而得名。《资治通鉴》也是我国最有影响力的一部编年体史书，和司马迁的《史记》一起被后人并称为"史学双璧"。

司马光十分重视道德修养，据说他小时候有一次开玩笑骗了姐姐，结果被父亲严厉责骂，从此他就牢记父亲教诲，老老实实做人。他晚年的时候家里生活拮据，于是他让仆人到集市卖掉自己的一匹老马，仆人出发前，司马光反复叮嘱："这匹马曾经患过肺病，你卖的时候一定要老实告诉别人。"一般人卖东西都把货物夸得天花乱坠，而司马光却如此诚实，让人自愧不如。

司马光这样一位大文学家、史学家，曾经当过宰相的大人物，他写的词会是什么样的呢？

司马光流传至今的词不多，他曾经写过一首《阮郎归》。说起这个词牌，还有一个有趣的故事呢。

传说古代有两个人，一个叫刘晨，一个叫阮肇。他们一起去天台山采药，到山里迷路了，又累又饿，远远看见山上有桃树，就爬上去摘了几个桃子吃。之后，他们又看见一条溪水，就缘溪而行，在溪边遇到两个仙女。仙女跟他们就像旧相识一样，邀请他们一起回家。他们天天宴饮奏乐，十分快乐。半年后，两个人很想家，不顾仙女的劝阻，坚持要回家。仙女挽留不住，只好送他们走，给他们指引了回家的道路。他们回到家乡后，发现村镇模样大变，以前的村子已经凋零败落，询问别人，才知道他们在山里住了半年，山下竟然过了十代。后来，刘晨再次在山下娶妻生子，而阮肇则看破红尘，进山修道去了。后人根据这个故事，就创作出了词牌《阮郎归》。下面便是司马光用词牌《阮郎归》作的词：

阮郎归

渔舟容易入深山，仙家日日闲。绮窗纱幌映朱颜，相逢醉梦间。

松露冷，海霞殷，匆匆整棹还。落花寂寂水潺潺，重寻此路难。

这首词描述的也是阮肇和刘晨的故事，只不过把他们的身

份由采药人换成了渔夫,不知道是不是因为在关于桃花源的传说里,那个发现秘密的人是渔夫的原因。这首词表现的是作者对世外桃源的向往,还隐约流露出归隐的想法。

上阕写渔夫驾着小船,偶然之中进入了深山,遇到了仙女。仙女没有世事的烦恼,没有生计的逼迫,悠闲自得,让人羡慕。她们住着非常漂亮的房子,有雕花的窗子和轻纱的幔帐,误入仙境的渔夫跟她们一起整天饮酒奏乐唱歌,不亦乐乎。

下阕写渔夫终究还是想家了,匆匆整理小船想回去。仙女们极力挽留,但渔夫不为所动。春天将过,落花漂浮在溪水上,送渔夫回到了外面的世界。可是渔夫怎么知道,以后想再回到那个仙境,就很难找到上次的路了。

哪一首词被认为是"栽赃"给司马光的?

古代文人强调道德文章,特别是大官,更觉得成天跟歌伎混在一起是一种耻辱。而词又称为"曲子词",很多词本来就是宴饮的时候助兴所作,因此内容有不少是关于歌伎的。司马光是一代名臣,很多人相信他品德高尚,断然不会作这种"趣味低下"的小词,所以后代很多人认为有一首词不是司马光作的,而是嫉妒他的

人故意"栽赃"给他的。这首词便是:

西江月

宝髻松松挽就,铅华淡淡妆成。青烟翠雾罩轻盈,飞絮游丝无定。

相见争如不见,有情还似无情。笙歌散后酒初醒,深院月斜人静。

当然,这首词到底是不是司马光的作品已经无从查考,也许只有他自己才知道吧。

谁因为脾气倔而被苏轼叫作"拗相公"?

司马光不仅会写词,会编史书,还当过宰相。不过,司马光的脾气很倔强,一旦自己认定的事情,九头牛都拉不回来,因此他经常跟其他大臣发生矛盾,比如苏轼就经常跟他争吵,苏轼还给他起了个外号叫"司马牛",意思是司马光倔起来像头牛一样。

不过司马光还不算是最倔强的,在北宋,还有一个名人,他同样也当过宰相,在政治上跟司马光还是死敌。他也是一个非常倔强的人,苏轼给他起了个外号叫"拗相公"。

这个人是谁呢?

他就是北宋名臣,被列宁称为"中国十一世纪的改革家"的王安石。

我们现在谈起王安石,都会提到王安石变法,这是北宋时期一次非常著名的改革运动。到北宋中期的时候,人口大量增加,官员也大量增加,社会负担越来越重,百姓生活也越来越艰

难。同时由于北宋执行的重文轻武的政策,军事力量很薄弱,所以在跟辽国和西夏的战争中,北宋长期处于劣势,经常打败仗。为了改变这种情况,王安石主张实行改革。这次改革从熙宁二年(1069)开始,到元丰八年(1085)宋神宗去世结束,所以也被称为"熙宁变法"。

由于王安石的变法损害了一些有权有势的人的利益,而且在变法中因操作不当,对很多百姓造成了损害,所以在支持变法的宋神宗去世之后,王安石被撤销了宰相职务。后来司马光当了宰相,就把所有新法都废除了。新法废除的消息传来时,王安石正闲居在江宁(今江苏南京),他十分悲伤,不久就在忧愤中去世了。

王安石晚年居住的南京,是我国的六朝古都,早在春秋末年,吴王夫差就在这里筑城;三国时期,孙权也在这里建都;后来又先后有东晋,南朝宋、齐、梁、陈在这里建都。南京地处江南水乡,物产丰富,人民富庶,这些建都于此的王朝都曾经繁盛一时,但其中很多迅速败落了。

一个秋天的傍晚,王安石登上南京的一座高楼,极目远望:多美的一片河山啊!此时已是晚秋,天气开始转凉,秦淮河蜿蜒曲折,像一条白色的丝绢,伸展到目光看不到的远处。河岸边的青山苍翠欲滴,簇拥在一起,倒映在水中,美不胜收。河上的帆船鼓足了风帆，飞快地游弋，岸边西风中，树林掩映着酒店的幌子，像是在招揽客人。到晚上的时候，满天的繁星倒映在水中，秦淮河变成了天上的银河，五彩斑斓的船帆更给河景增添了几分美丽，偶尔岸边的白鹭受到惊吓，一群群腾空而起，在星辉斑斓里展翅翱翔，这样的美景，即便是最好的画家也画不出来啊！

可是王安石转念一想，难道曾经在这里建都的那些王朝就没有这样的景象吗？江南自古富庶，那些王朝哪个不是沉醉在这富裕和美景中，醉生梦死不能自拔呢？王安石想起南朝陈朝最后一个皇帝陈后主——他不理国事，宠幸爱妃张丽华，整天忙着宴饮、奏乐、唱歌。他还作了一首曲子《玉树后庭花》，让张丽华亲自演唱，甚至隋朝的大将韩擒虎率军已经打到城门外了，他还和张丽华一起在楼上寻欢作乐，诗人杜牧曾有诗句嘲笑他："门外韩擒虎，楼头张丽华。"一个个朝代就这样飞快地建立起来，又迅速沉迷于莺歌燕舞之中，然后很快灭亡。每一个朝代的兴起和灭亡，其中包含了多少悲痛和凄凉？后人登高远望，想起这些曾经的荣光和耻辱，也只能发出长长的感慨而已。可是，如果不吸取前人的教训，后来的人肯定也会重蹈覆辙。王安石看到这一片美景，联想到当时的社会，有感而发：难道我们现在不也是和陈后主一样，沉醉于这美丽的景色和富庶当中，忘记了潜在的危

险吗？难道我们现在的很多朝廷官员不也是这样醉生梦死，把亡国之音《玉树后庭花》当作娱乐消闲的曲子来欣赏吗？想到这里，王安石不寒而栗：大宋王朝难道也会重蹈陈后主的覆辙，最后落个悲惨的结局吗？

王安石心潮难平，于是写下了一首《桂枝香·金陵怀古》：

桂枝香·金陵怀古

登临送目，正故国晚秋，天气初肃。千里澄江似练，翠峰如簇。归帆去棹残阳里，背西风，酒旗斜矗。彩舟云淡，星河鹭起，画图难足。

念往昔，繁华竞逐，叹门外楼头，悲恨相续。千古凭高对此，谩嗟荣辱。六朝旧事随流水，但寒烟衰草凝绿。至今商女，时时犹唱，后庭遗曲。

可是，没有人在意王安石的警告。元丰八年（1085），王安石变法失败，第二年，王安石就在悲愤中去世了。王安石去世后40年，靖康二年（1127），金兵攻陷了北宋都城开封（今河南开封），俘虏了宋徽宗和宋钦宗，北宋灭亡。

你知道关于王安石的趣闻吗？

据说王安石除了对学问和政事感兴趣，什么都不放在心上。有一次，宋仁宗请大臣们吃饭，让大臣们自己去御花园钓鱼，不管钓上多少，都交给御厨去做。大臣们都很开心，兴致勃勃地去钓鱼，只有王安石一个人坐在水边不知道在想什么，而且时不时把鱼饵往自己嘴里送。结果，别人的鱼饵是给鱼吃了，他的鱼饵全被自己吃了。

有一次，一个大臣对王安石的夫人说："王大人似乎很喜欢吃兔肉？"夫人很惊讶："我跟他一起这么多年，都不知道他喜欢吃兔肉，你是怎么知道的？"那个大臣说："前几天我们一起吃饭，我看见王大人只夹桌上的兔肉。"夫人思考了一下说："那盘兔肉是不是正好放在大人面前？"那人回答是。夫人说："下次吃饭，你们放另外的菜在他面前，他一定只夹那盘菜。"那人照做，果然王安石只夹面前的菜。

谁因为有"四痴"
而潦倒一生？

我们在《趣讲宋词·从南唐后主到醉翁词人》中已经讲到，晏殊被称为"神童宰相"，是北宋著名的词人之一，可是他的一个儿子的际遇却跟他大不相同。

晏殊的这个儿子也有一身才华，却仕途失意，甚至困顿潦倒，被黄庭坚形容有"四痴"，这人就是晏殊的第七子晏几道。

晏殊在位的时候发展教育，兴办学校，培养出了不少人才，仁宗时朝廷的很多大官是晏殊的门生和老部下，如范仲淹、孔道辅、韩琦、富弼（bì）、宋庠、宋祁、欧阳修、王安石等，均和晏殊关系匪浅。照理说有这样的人脉，晏几道的前途应该是比较顺畅的，可是他却仕途坎坷，生活落魄，甚至还因为反对王安石变法而被投进监狱，差点儿掉了脑袋，年过半百，才做了一个八品小官。

这是为什么呢？

晏几道的朋友，北宋著名文学家黄庭坚揭示了晏几道一生坎坷的秘密，他说晏几道有"四痴"：仕途坎坷，却不愿意依傍贵人以求发达，此为一痴；文章写得很好，能自成一体，却不愿意为考功名而写文章，此为一痴；挥霍无度，却让家人忍饥挨饿，此为一痴；受到人家的欺骗却不记恨，绝对不会怀疑自己信任的人会欺骗自己，此为一痴。

晏几道性格孤傲，甚至连名满天下的苏轼都在他门前碰过钉子。苏轼曾经想拜见晏几道，请黄庭坚代为传达此意，谁知晏几道说："现在朝廷政事堂的大官们有一半是我家旧客，我也没时间见他们。"

晏几道有这样的性格，一生贫穷不顺也就不奇怪了。

晏几道，字叔原，号小山，他的词集也叫《小山词》。晏几道对达官贵人一概不感兴趣，那么他对谁感兴趣呢？

晏几道在《小山词·自序》中说，年轻的时候，他有两个朋友，一个是沈廉叔，一个是陈君龙。朋友家里有四个歌女，分别叫莲、鸿、蘋、云。他们经常聚在一起吟诗作词，每次写出一首词，就交给四个歌女让她们现场演唱，晏几道则和朋友们一边喝酒一边听，乐在其中。后来，陈君龙因残废而居家，沈廉叔去世了，三个朋友各自分散，四个歌女也被卖给别家。于是这曾经的乐趣就变成了逝去的幸福，反映出世事的无奈与人生的哀伤。

在一个春日，晏几道来到了他们曾经一起饮酒唱歌的小楼，可是这里已经人去楼空，大门紧锁，过去快乐的日子像一场梦，又像一次大醉，醒了之后，只看见帘幕低垂，没有人迹。

每年春天落花的时节，词人总是有很多悲伤，因为落花让他想起了逝去的青春和消逝的美好。他在落花之中孤零零地站立着。天上下起了丝丝小雨，小雨中燕子双双翻飞，自得其乐，而晏几道却更感觉孤独了。

晏几道想起四个歌女中的小蘋。他们第一次见面的时候，小蘋穿着美丽的罗裙，上面绣着两重"心"字图案。她抱着琵琶弹奏，将所有的感情与思念通过琴弦抒发出来。可是现在她在哪里呢？今晚的明月，还是那时照着他们的明月，这月光能不能像带回那片彩云一样，把美丽的小蘋带回来呢？

雨还在细密地下着，晏几道沉吟良久，提笔写下了这首《临江仙》：

临江仙

梦后楼台高锁，酒醒帘幕低垂。去年春恨却来时，落花人独立，微雨燕双飞。

记得小蘋初见，两重心字罗衣。琵琶弦上说相思，当时明月在，曾照彩云归。

有一天，晏几道应邀去另一个朋友家喝酒，酒宴上，这位朋友让自己家里的歌女出来唱歌跳舞，为客人助兴，并为客人斟酒。晏几道本来百无聊赖，只是出于礼节勉强应付。一个歌女拿着酒壶走到晏几道桌前殷勤劝酒，晏几道抬起头，瞬间两个人都愣住了：她竟然是以前见过的四个歌女中的一个！

像一道闪电突然劈到头上，晏几道眼前瞬间显现出当年他们一起聚会的场景：那时候大家都青春年少，在一起快乐无比。他们整晚不停地跳舞，眼看着月亮从楼边杨柳处升起，又眼看着月亮从楼后落下；整晚不停地唱歌，画着桃花的扇子随着女孩子们的手挥舞，送来阵阵香风。

可是这一切都是很久以前的回忆了。从离别的那一天起，晏几道就在盼望能和她们重逢，今天竟然真的重逢了，这惊喜让晏几道不敢相信，甚至害怕自己在做梦，他拿起烛台靠近她的脸，

一定要看个仔细，看个明白。

可是，晏几道也知道，今晚的酒宴结束，他们又要分别，而这次分别后，恐怕一生都难以相见，只有清冷的月光，陪伴着自己孤单的背影和孤单的心。

在这样的心情下，晏几道写下了这首《鹧鸪天》：

鹧鸪天

彩袖殷勤捧玉钟，当年拚（pàn）却醉颜红。舞低杨柳楼心月，歌尽桃花扇底风。

从别后，忆相逢，几回魂梦与君同。今宵剩把银釭照，犹恐相逢是梦中。

晏几道还有一痴是什么？

晏几道喜欢读书，家里藏书很多。可是他生活困顿，经常搬家，每次搬家，书就成了一个大问题。他的夫人很厌烦，说："你这些书就像乞丐的碗一样，你还当作宝贝！"面对妻子的抱怨，晏几道心中不快，他写了一首《戏作示内》诗，其中写道："愿君同此器,珍重到霜毛。"诗句的意思是说自己一生贫寒,唯一的财富就是这些书,怎么能不珍重呢?看来,晏几道除了前面说的"四痴"以外,还应该加上一痴——爱书成痴。

什么？他的科举文章竟然是瞎编的？

宋仁宗嘉祐二年（1057）的一天，当时担任进士主考官的欧阳修正在批阅考生的试卷。这一年的进士作文题目是《刑赏忠厚之至论》，意思是不管是对有罪的人用刑还是对有功的人奖赏都要本着忠厚的心。欧阳修的目光从一份份试卷中滑过，大多数文章都写得空泛平庸，欧阳修觉得很不满意。

突然，欧阳修的目光停留在了其中一份试卷上，这份试卷的文章写得道理明晰，大气从容，比其他文章不知道好了多少，尤其是文章里面用的一个事例十分切合这次的作文要求，这个事例说：上古尧帝的时候，大臣皋陶（yáo）担任法官，有人犯了罪，皋陶多次说应杀，而尧帝多次说宽恕那人，因此天下人都畏惧皋陶执法严明，而爱戴尧帝用刑宽容。

看着这份卷子，欧阳修叹赏再三——这个考生真是才华横溢，博览群书啊！欧阳修拿起笔，准备把这个考生定为第一名。

正要下笔,欧阳修却迟疑了:卷子是密封的,这份试卷到底是谁的呢?

欧阳修想起自己的学生曾巩也参加了这次考试,这会不会是曾巩的呢?如果他把自己的学生定为第一名,人家会不会说他偏袒学生呢?想到这里,欧阳修有些为难了。思虑再三,他终于忍痛把这份卷子评成了第二名。名单公布的时候,他才知道这份被评为第二名的试卷竟然不是曾巩的,而是另一个人——苏轼的。

苏轼出生于眉州眉山(今四川眉山),传说他诞生那天,眉山上的草木一夜间都变黄了,相传这是苏轼汲取了天地灵气所致。这当然只是个传说。苏轼的才华,除了因为他自己天资聪颖、刻苦攻读,还与一个人的努力密不可分,这就是他的父亲苏洵。

据说,苏洵年轻的时候游手好闲,直到二十七岁才发愤读书,可以说是大器晚成。两个儿子苏轼和苏辙出生后,苏洵对他们悉心培养,除了请名师为他们传授学业,还带着他们到处拜访著名学者文人,让儿子们开阔眼界。

在苏轼二十岁这一年,苏洵带着他和苏辙走出家乡,来到当时的首都东京(今河南开封)参加科举考试,并带他们拜访了朝

廷重臣韩琦、欧阳修等。也就在这一年，苏轼和苏辙兄弟双双高中进士，"三苏"一时间名震京师。

得知被自己定为第二名的考生是苏轼之后，欧阳修对苏轼十分欣赏，他曾对人说："读轼书，不觉汗出。快哉，快哉！老夫当避路，放他出一头地也。可喜，可喜！"欧阳修甚至对儿子说："三十年后，将无人提起老夫，只会读苏轼的文章。"但是欧阳修心里有一个结一直没解开，苏轼文章里面用的那个事例十分切合作文要求，欧阳修却记不起它出自哪里。

有一天，欧阳修问苏轼："你那篇《刑赏忠厚之至论》里，尧帝和皋陶的那个事例用得很好，但是老夫不知道出自哪本经典。"

苏轼微微一笑，大大咧咧地回答："哪本书都没有记载，是我想当然写的。"

欧阳修听了之后愣了一下，然后哈哈大笑。他不但没觉得苏轼编造材料是弄虚作假，反而认为苏轼写文章很有胆识，从此对苏轼更加看重了。

此后，苏轼和苏辙参加了选拔高级人才的"制科"考试，苏轼列为第三等，这可以算是当时最优秀的品级，宋朝开国以来，只有苏轼和另一个叫吴育的人得此殊荣。苏辙则名列第四等。宋

仁宗十分高兴，对皇后说："我今天为子孙得了两个宰相。"可见苏轼的才华，在当时已经得到了皇帝的肯定。

哪一首词被公认为豪放词的开篇之作？

我们知道，词最初只是达官贵人们宴会时助兴的一种曲子词，多是由妙龄的歌女们演唱，因此词的内容大多表现的是男女情爱、离别思念一类的主题，境界是比较狭窄的，与诗的宏大开阔迥然不同。从唐代到五代一直到宋初的三百多年时间里，人们似乎都认为词只能写一些儿女情长的东西，没有谁想到词也能像诗一样表达个人的志向、抱负，写一些宏大开阔的豪放主题，所以词人们提笔时想起的，不外乎是月儿、云儿、花儿、柳儿这些意象，认为这就是正宗的词，这样的词被后人称为婉约词。

当苏轼这个天才出现后，一下子就颠覆了几百年来人们关于词的定义，他让大家第一次知道，原来词也可以写得宏大开阔，也能像诗一样表达志向、抒发情怀。为了与以前的婉约词区分，人们把这种词叫作豪放词，苏轼便被誉为豪放词的开山鼻祖。

那么，被公认为豪放词的开篇之作的是哪一首词呢？就是这首《江城子·密州出猎》：

江城子·密州出猎

老夫聊发少年狂，左牵黄，右擎苍，锦帽貂裘，千骑卷平冈。为报倾城随太守，亲射虎，看孙郎。

酒酣胸胆尚开张。鬓微霜，又何妨！持节云中，何日遣冯唐？会挽雕弓如满月，西北望，射天狼。

苏轼受到欧阳修的赏识，高中进士，从此踏入仕途。但是他卷入了王安石变法引起的新党和旧党之争。当时，拥护变法的被

称为新党，而反对变法的被称为旧党。苏轼认为，王安石变法的一些措施出发点是好的，但是在执行的时候出现很多问题，导致新法不但没能改善老百姓的生活，还使老百姓更加困苦。他由此被认为是反对新法，被归入旧党一边。苏轼不愿意被卷入这种政治纷争中，主动请求到外地做地方官。在唐宋两代，在京城做官比做地方官待遇要好得多，升迁的机会也多很多，一般人都削尖了脑袋想到京城做官，而苏轼这种行为，相当于自己请求降职。他后来担任了杭州通判，密州（今山东诸城）知州，徐州知州等职。苏轼不仅是个文学家，还是一个好官员，他到徐州上任的时候遇到发大水，整座城市都要被淹没了。苏轼为了抗洪，在城墙上搭了个窝棚，吃住都在里面，二十四小时领导督促军民抗洪，终于战胜了洪水，保全了一城的百姓。

　　苏轼到密州担任知州时，他已经年近四十了。这一年冬天，按照习俗，军民要举行盛大的狩猎活动，这样的活动当然是由知州大人领导。苏轼笑说自己已经老了，没想到还能和年轻人一起癫狂一把。话虽如此，苏轼为这次出猎却做了认真的准备。他骑上马，左手牵着猎狗，右臂擎着苍鹰，戴着锦缎的帽子，穿着貂皮衣。苏轼一声号令，装备精良的骑兵跟着他如狂风一般卷过山坡。看着这浩大的队伍，苏轼兴高采烈，对手下说："为了报答你们和出来围观的老百姓，我今天一定要像三国时的孙权一样亲自射杀一只老虎，让你们看看我的厉害！"

这时的苏轼，似乎不再觉得自己老了，他想，即便喝得大醉他也能拉开硬弓，鬓发微微有些斑白又有什么关系呢？他突然想起了一个典故：西汉的时候，魏尚担任云中（在今内蒙古、山西一带）太守，在防备匈奴入侵的战争中屡建功勋，可是后来由于一些小错误被撤职。他离开之后，云中多次被匈奴入侵，损失惨重。心急如焚的皇帝向大臣冯唐询问谁可以当云中太守，冯唐推荐了魏尚，并且替魏尚曾因为小事被撤职的事情鸣不平。皇帝终于被打动，让冯唐拿着象征皇帝的符节去赦免魏尚，恢复他云中太守的官职。苏轼想到自己现在的遭遇，不也和魏尚差不多吗？朝廷会不会也派出一个像冯唐一样的人拿着符节，让自己重新为国家效力呢？在苏轼的时代，北宋对外有两个主要的敌手，一个是在东北边的契丹，另一个是在西北边的西夏。苏轼想，如果真有那么一天，他一定会披甲上阵，把雕花的弓拉得像满月一样，抵御外敌，为国尽忠。

也许连苏轼自己也没想到，他这一首《江城子·密州出猎》开创了一个词派——豪放派。从此以后，写豪放词的词人数不胜数，如陆游、辛弃疾、张孝祥、陈亮、刘克庄等等，其中以辛弃疾成就最高，所以，苏轼和辛弃疾也被称为豪放词派的代表作家，并称"苏辛"。

豪放词与婉约词有什么区别？

小贴士

北宋时，婉约词的代表词人是柳永。有一次，苏轼问自己的一个门客："我的词跟柳永的词比起来如何？"门客回答："柳永的词，适合十七八岁的女孩，拿着象牙的拍板打节奏，唱'杨柳岸晓风残月'，而您的词，适合关西大汉，手持铜琵琶，高唱'大江东去'。"苏轼听了之后哈哈大笑。

中国诗词中国节

关于中秋节的诗词

中秋节是中国的传统节日，早在《周礼》中就出现过"中秋"一词，大约在唐朝初年，中秋成为固定的节日，一直延续至今。现在，中秋节已经成为仅次于春节的中国第二大传统节日。

说起关于中秋节的诗词，估计大多数人都会想到苏轼的《水调歌头》吧。

在中秋节，人们吃月饼、赏月，阖家团圆，所以中秋节也被称为团圆节。这个节日寄托了中国人对美满生活的向往。

可是，谁能保证自己的生活永远是美满幸福的呢？古人曾说："人生不如意事十之八九。"就是说，人生在世，免不了会有很多痛苦和遗憾，没有谁的生活永远是充满阳光、快乐无忧的。人生总要面对很多生老病死、离合聚散，总有无数的思念悲伤、孤独凄凉。

苏轼一生跟自己的弟弟苏辙感情很好，在他们的父亲苏洵去世之后，两兄弟都在官场，身似不系之舟，总是因为公事而到处奔忙，聚少离多。熙宁九年（1076）的中秋，苏轼一个人对着一轮满月喝得大醉，想起了很久没有见面的弟弟，感慨万端，于是写下了这首传诵千古的名篇。

水调歌头

丙辰中秋，欢饮达旦，大醉，作此篇，兼怀子由。

明月几时有？把酒问青天。不知天上宫阙，今夕是何年。我欲乘风归去，又恐琼楼玉宇，高处不胜寒。起舞弄清影，何似在人间。

转朱阁，低绮户，照无眠。不应有恨，何事长向别时圆？人有悲欢离合，月有阴晴圆缺，此事古难全。但愿人长久，千里共婵娟。

中秋是阖家团圆的节日，可是此时的苏轼，却无法和深切思念的弟弟见面，只能独自在家喝酒。一轮满月升起，静静地照着大地。这月亮是从什么时候开始伴随大地的，最初肩上洒满月光的又是谁？在似乎永恒的月亮面前，人生的几十年简直短促得可笑。很多古人希望能够飞升到天界，"与天地兮比寿，与日月兮齐光"①，那不就逃脱了人世的短促，也能永远摆脱人间的遗憾与痛苦吗？苏轼端着一杯酒，望着这明月，也产生了这样的想法：听说，天上一天是世上一年，那么，天上的此时是哪一年呢？如果飞升到天际，是不是自己也可以和月亮一样永恒，不再承受人世间的分离和思念之苦呢？可是，飞升上天真的能解决问题吗？天上是怎样的，谁都不知道。也许天上很冷，没有人间的人情与温暖，那飞升上去又有什么意义呢？苏

---

① 出自屈原的《楚辞》。

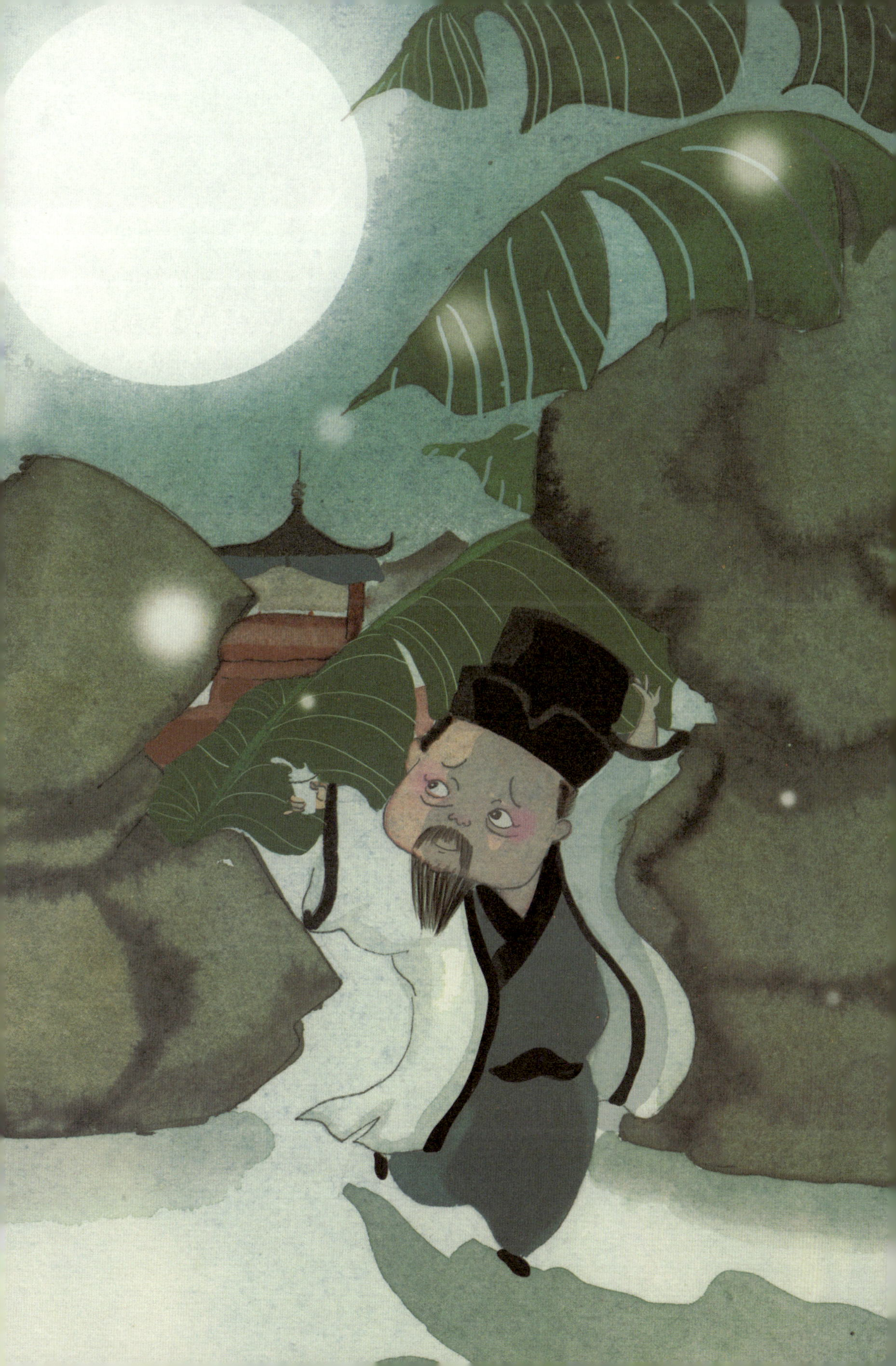

轼犹豫了。他端着酒杯，脚步跄跄地在月下舞蹈，他的影子跟随着身体一起舞蹈，好像两个舞者默契地配合。还是这样好啊！苏轼笑了。人间是有很多痛苦，但比虚无缥缈的天界还是要实在一些。

夜深了，月亮转过红色的阁楼，低挂在雕花的窗户上，照在一夜无眠的苏轼身上。他想起了弟弟，想起从小和弟弟一起长大，一起接受父亲的教导，一起在父亲的带领下走出家乡，到京城参加科举考试，又一起高中进士……无数美好的记忆一幕幕浮现在他眼前。现在父亲已经去世，只留下自己和弟弟在这世上相依，可是为官这些年，两个人却聚少离多……苏轼想到这里，心里渐渐充满了悲伤和痛苦。

不，不能这样！一个声音在他心里响起来。人生有痛苦，有遗憾，但人却不应该沉湎于其中。人生总有悲欢离合，就像月亮总有阴晴圆缺，完美的生活从古到今都不曾有过。但是，生活不正是因为有了痛苦和遗憾，幸福和快乐才更显珍贵吗？如果没有离别，也就没有所谓相聚；如果没有失去，也就没有所谓得到；如果没有哭泣，也就没有所谓欢笑；如果没有疼痛，也就没有所谓舒服……

想到这里，苏轼的眉头展开了，脸上浮现出了微笑。他端起酒杯，仰望着一轮明月，又想起了弟弟。虽然聚少离多，虽然总有痛苦和遗憾，但是如果他们彼此都能珍重，好好地生活，哪怕见不着面，只要能在不同的地方分享这一轮明月，也是一种幸福啊。

苏轼端起酒杯，一饮而尽。

乌台诗案是怎么回事？

元丰二年（1079），苏轼由徐州调任湖州知州，按照当时的惯例，调任的官员们都要写一篇谢恩的奏章给皇帝，苏轼也不例外，他写了一篇《湖州谢上表》。

苏轼本来只是例行公事，却没想到，这篇奏章给他惹来了滔天大祸。

苏轼为官的时候，正碰上王安石变法。朝廷的大臣有的支持变法，有的反对变法，从而分成了新党和旧党两派，苏轼是支持旧党，反对变法的。但是他又不想陷入这种帮派斗争之中，才自己请求离开京城这个是非之地，到外地当地方官。即便如此，他也没能躲过这场风暴。

苏轼的《湖州谢上表》中有两句："知其愚不适时，难以追陪新进；察其老不生事，或能牧养小民。"意思是：皇帝知道我愚蠢，不能与时俱进，跟不上朝廷那些刚刚提拔的官员们的脚步；也知道我年纪大了，不喜欢没事找事，所以正好能够管理老百姓。

这句话里的讽刺意味是很明显的，苏轼其实是讽刺那些因为支持变法而被提拔的大臣是权力的暴发户，表示自己无法跟他们一起共事，也讽刺变法其实是在无端生事，给百姓造成更大灾难。

这就惹怒了当时的一些大臣，他们花了几个月时间从苏轼的诗文里挑挑拣拣，寻章摘句，说苏轼愚弄朝廷，妄自尊大，在湖州把苏轼逮捕了，投入御史台的监狱。

古代的御史台是中央监察机构，专门负责纠察、弹劾官员。汉代的时候，御史台的院子里有一棵高大的柏树，柏树上有一个乌鸦窝，所以人们也把御史台叫"乌台"或者"柏台"。苏轼的案子是由他的诗文引发的，这次事件也被称为"乌台诗案"。

当朝廷的使者来逮捕苏轼的时候，苏轼已经听到了风声，他以为这次肯定要被赐死，甚至不敢穿官服见使者。下属提醒他还没定罪，应该穿官服见客，他才穿上朝服朝靴。使者见到苏轼，宣读了诏书，便要求苏轼立刻出发前往京城。

到了御史台监狱之后，苏轼受到了严厉的审问，痛恨他的人罗织了很大的罪名。不过也有很多同情他的人为他奔走说情。

驸马王诜（shēn）给苏轼通风报信；宰相吴充为苏轼说情；甚至苏轼之前反对的王安石已经罢相闲居在江宁，也给皇帝上书反对杀苏轼；苏轼的弟弟苏辙更是以撤销自己的一切官职为条件，请求宽恕哥哥；苏轼曾经为官之地的老百姓听说此事，纷纷焚香祷告，为苏轼祈福；就连当时的皇太后曹太后也对神宗皇帝说："当年先帝曾说过，为子孙寻觅到了两个宰相人选，一个是苏轼，一个是苏辙，这样的才子怎能杀呢？"

苏轼被关押后，他的儿子苏迈在外奔走，而且每天都派人给苏轼送来饭菜。苏轼与儿子约定，要是案情平稳没有大事，就送一些粗茶淡饭；要是案情紧急，就送一条鱼。苏轼被关押了很久，苏迈一直送的都是粗茶淡饭，但是有一天苏迈要去找朋友借钱，把送饭的任务暂时委托给了一个朋友。这个朋友并不知道苏轼父子俩的约定，出于对大文豪苏轼的崇敬，送了很丰盛的饭菜给苏轼，其中还有一条熏鱼。苏轼看到鱼之后大惊失色，以为案情严重，自己死到临头了。好在后来他知道了事情的原委，这不

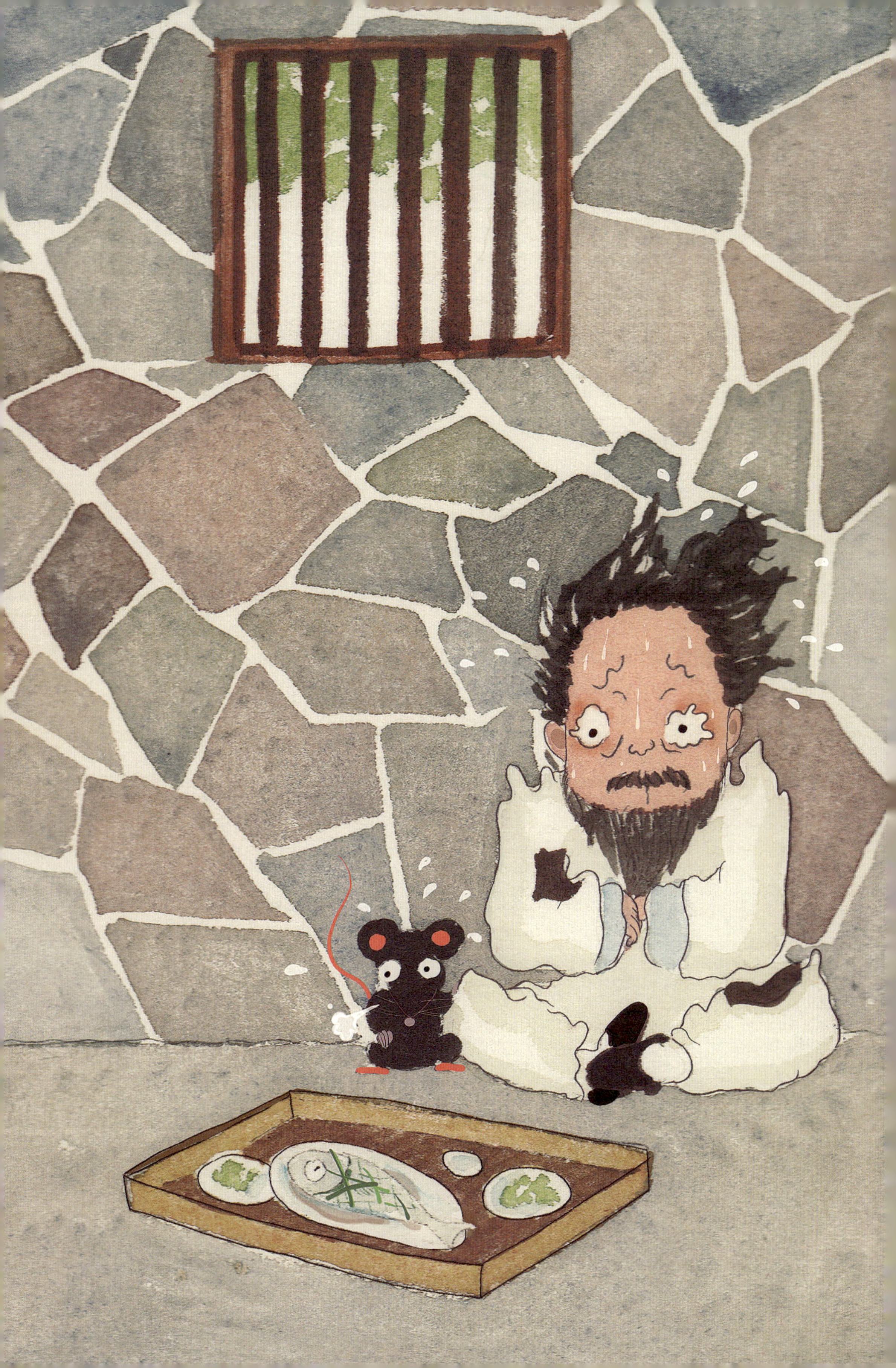

过是一场虚惊。

苏轼在七月份被逮捕，八月被送进御史台监狱，经受了无数的拷问，受尽了折磨。在许多同情他的人的一致努力下，十二月，他终于走出监狱，被贬为黄州（今湖北黄冈）团练副使。

乌台诗案是轰动北宋朝野的一个大案，除了苏轼，被牵连的有几十位大臣。这次事件也成为苏轼一生重要的转折点。苏轼被贬到黄州后，一个经历痛苦磨难却毫不气馁、豁达乐观的苏东坡开始出现在北宋文坛，也出现在中国历史的舞台上。

你知道关于苏轼的小趣闻吗？

苏东坡爱开玩笑，即使在乌台诗案大难临头的时候还给妻子开玩笑。

苏轼在湖州任上被使者逮捕，临出门的时候，妻子和孩子都大哭。看着这样的情景，苏轼对妻子说："我给你讲个故事：真宗皇帝的时候，有一个叫杨朴的隐士善于写诗，皇帝就召他入宫。见面后，皇帝问：'你这次来有人写诗送你吗？'杨朴回答：'我妻子写了一首诗：更休落魄耽杯酒，且莫猖狂爱咏诗。今日捉将宫里去，这回断送老头皮。'真宗皇帝听后大笑，也明白了杨朴的意思，就把他放回山里了。这次我也被召进宫，你难道就不能学杨处士的妻子写一首诗送给我吗？"妻子看他这时候还开玩笑，也忍不住笑了。

苏轼为什么又叫苏东坡？

苏轼，字子瞻，但我们更熟悉的，应该是苏轼的一个称号：东坡居士。这个称号是怎么来的呢？

苏轼经历了乌台诗案之后，被贬到了黄州，这是一个很偏僻的地方。作为贬官，苏轼的俸禄减少了一半，而家里人口又多，为了度日，苏轼每个月把自己的俸禄四千五百钱分成三十串，用麻绳串起来挂在房梁上，每天早上用长叉子取一串下来用，如果当天有结余，苏轼会很高兴地把剩下的钱储存在罐子里，预备朋友来的时候买酒喝。

苏轼的朋友马正卿看到苏轼生活如此清苦，于是找到黄州太守，请他将当地的一块荒地拨给苏轼耕种，解决他一家的吃饭问题。这块荒地在黄州城东边，又是一块坡地，苏轼想起自己崇拜的唐代诗人白居易在忠州（今属重庆）的时候有一块用来植树种花的地叫东坡，为效法白居易，苏轼也把自己这块地叫东坡，还给自己起了一个号叫"东坡居士",从此以后,人们就把苏轼叫苏东坡了。

相比于黄州生活的艰难,让苏东坡更痛苦的是世态炎凉。因为他获罪下狱,又被贬黄州,很多以前跟他关系好的人都不敢理他,原来经常给他写信的人也不再写信了,甚至他写信过去对方也不再回信。曾经朋友遍天下的苏东坡顿时少了很多朋友。他写词说"酒贱常愁客少"[①],其实并不是说因为酒不好,朋友都不来拜访,而是因为自己是戴罪之身,很多人避之唯恐不及,这让苏轼更感到痛苦与孤独。

有一天晚上,苏轼到朋友家喝酒,醉了又醒,醒了又醉。回到家时已经是半夜,家人都睡着了,连负责开门的仆人也鼾声大作,苏轼敲了半天门也没有人答应。无奈之下,他只好漫步江边,倚着杖听江水声。

这一夜苏轼想了很多,他想到自己年少得志,高中进士,得到当时的文坛领袖欧阳修的赏识,成为名震天下的青年才俊,可是在官场摸爬滚打了二十多年,不仅功业未成,反而像牵线木偶一样被指派到这儿指派到那儿,现在竟然落得个被贬黄州的

---

① 出自苏轼的词《西江月·世事一场大梦》。

下场。苏轼觉得厌倦了,他真想真正做一次自己的主人。可是身在官场,要自己做主谈何容易!夜深了,江水平静,就像闪光的丝绸一样微微泛起细纹,苏轼想,要是能坐一条小船,离开黄州,离开官场,离开这牵线木偶式的人生,那该多好啊!在这般心情下,苏轼写下了这首《临江仙·夜归临皋》:

临江仙·夜归临皋

夜饮东坡醒复醉,归来仿佛三更。家童鼻息已雷鸣。敲门都不应,倚杖听江声。

长恨此身非我有,何时忘却营营。夜阑风静縠(hú)纹平。小舟从此逝,江海寄余生。

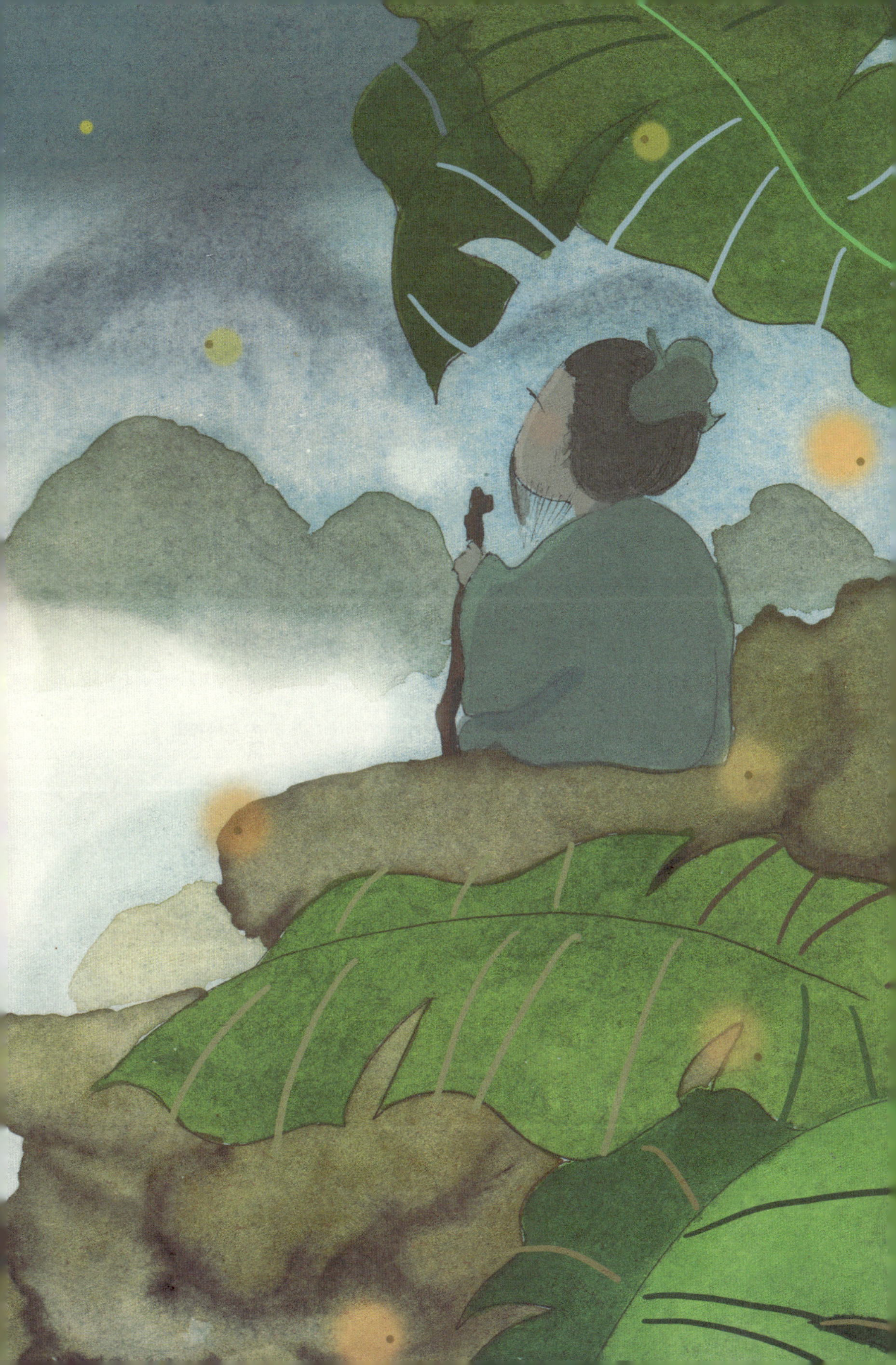

每个人生命中都会有波折和痛苦，但不是每个人都能从波折痛苦中觉醒，因为这个过程往往是艰难而复杂的。初到黄州的苏轼也经历了痛苦彷徨、孤独迷茫，但是当他逐渐平静之后，便用自己的意志与豁达战胜痛苦，让自己潇洒乐观起来。

黄州附近的长江岸边，有一块俯视江面的高崖，叫赤壁矶。有人说，这个地方应该叫赤鼻矶，据考证，周瑜火攻曹操的赤壁之战的爆发地是在湖北嘉鱼县，而不在黄州。苏轼当时是戴罪之身，行动被严加监管，没有机会到嘉鱼的赤壁去游览，他常去的还是黄州的赤壁。在这里，他留下了两篇赋：《前赤壁赋》和《后赤壁赋》，还留下了一首传诵千古的《念奴娇·赤壁怀古》：

念奴娇·赤壁怀古

大江东去，浪淘尽，千古风流人物。故垒西边，人道是，三国周郎赤壁。乱石穿空，惊涛拍岸，卷起千堆雪。江山如画，一时多少豪杰。

遥想公瑾当年，小乔初嫁了，雄姿英发。羽扇纶巾，谈笑间，樯橹灰飞烟灭。故国神游，多情应笑我，早生华发。人生如梦，一尊还酹（lèi）江月。

滔滔长江水，就像不停流逝的时间，在江水面前，任何前朝功业、英雄豪杰最终都逃不脱成为历史的命运。在赤壁的西边，有一些古代营垒的遗址，有人说，这就是三国周郎率领军队抗击曹操的地方。放眼望去，江边乱石林立，直刺天空；波涛拍击江岸，浪花飞溅，如千堆白雪，让人不禁感慨：如画的江山，不知曾孕育了多少英雄豪杰！

苏轼想起了著名的英雄周瑜。周瑜二十四岁就任建威中郎将，三十三岁指挥赤壁之战，打败了当时不可一世的曹操，可谓人中豪杰。而且周瑜还娶了吴地最美的两姐妹之一的小乔，英雄美女，人生真可以说是完美了。周瑜指挥赤壁之战的时候，摇着羽扇，戴着纶巾，从容不迫，指挥若定，似乎只在谈笑间，就把曹操的二十万大军打得丢盔弃甲，溃不成军。

想到这些，再联系到自己，苏轼不禁自嘲：看来真是自作多情了，忧心太多，连头发都过早变白。遥望江水，回想前人，苏轼突然觉得人生就像一场梦，他端起一杯酒，缓缓洒在江边祭奠江水和月亮，让所有的痛苦和不快随着这江水流去，再也不回来。

在黄州，苏轼成了苏东坡，思想也逐渐发生转折变化，开始用豁达乐观来面对人世间的痛苦与悲凉。后来他甚至还被贬到惠州、儋（dān）州，但是，不管被贬到哪里，苏轼都笑对人生，笑对痛苦，他的乐观与豁达成为他留给我们最宝贵的精神财富，教会我们如何生活，如何面对生活中的艰难。

你知道东坡肉是怎么来的吗？

相传，苏轼在徐州知州任上时，率领全城百姓战胜了洪水，百姓为了感谢他，纷纷杀猪宰羊，苏轼推辞不过，便把这些肉用特制的方法煮熟后回赠给百姓，这便是东坡肉的原型，现在徐州当地人也叫它"东坡回赠肉"。苏轼被贬到黄州后，俸禄很少，家里人口很多，所以生计很艰难。他发现一个奇怪的现象：黄州的猪肉很好，但是价格却非常便宜。原来，当时的富人一般喜欢吃羊肉，不屑于吃猪肉，而穷人又不知道烹调猪肉的方法，因此猪肉价格很便宜。苏轼便买了猪肉，用自己的烹饪方法，把猪肉做得很好吃。苏轼还专门写了一篇《猪肉颂》，将这种烹饪方法传了下来：

猪肉颂

净洗铛，少著水，柴头罨（yǎn）烟焰不起。

待他自熟莫催他，火候足时他自美。

黄州好猪肉，价贱如泥土。

贵者不肯吃，贫者不解煮。

早晨起来打两碗，饱得自家君莫管。

不过，东坡肉真正扬名是在杭州。后来，苏轼重任杭州知州，将猪肉用自制的方法烹饪好，分给百姓。因为苏轼被贬黄州后便自号苏东坡，百姓们便将苏轼分给他们的肉叫作"东坡肉"。

为什么说苏轼是宋朝的超级段子手？

大家都知道苏轼是个全才，他是诗人，是词人，是散文家，是书法家，是画家，还是美食家，可是你是否知道，苏东坡也是个幽默大师，堪称宋朝的超级段子手？

关于苏轼的趣闻不少。苏轼是个爱开玩笑的人，他经常用玩笑捉弄别人，被捉弄的人往往一下子反应不过来，过一会儿仔细一想，才知道被苏轼"算计"了。

一次，苏轼去拜访宰相吕大防，正值吕大防在午睡。苏轼等候良久他才出来。

苏轼指着吕大防家水缸里养的一只绿毛乌龟说："你这只乌龟没有什么珍贵的，最珍贵的当属一种有六只眼睛的龟。"

吕大防惊讶地说："有这样的乌龟吗？不是你杜撰的吧？"

苏轼一本正经地说："后唐庄宗时，有人进献六眼乌龟给皇帝。皇帝问：'这乌龟有什么奇特之处？'进献者回答：'这乌龟

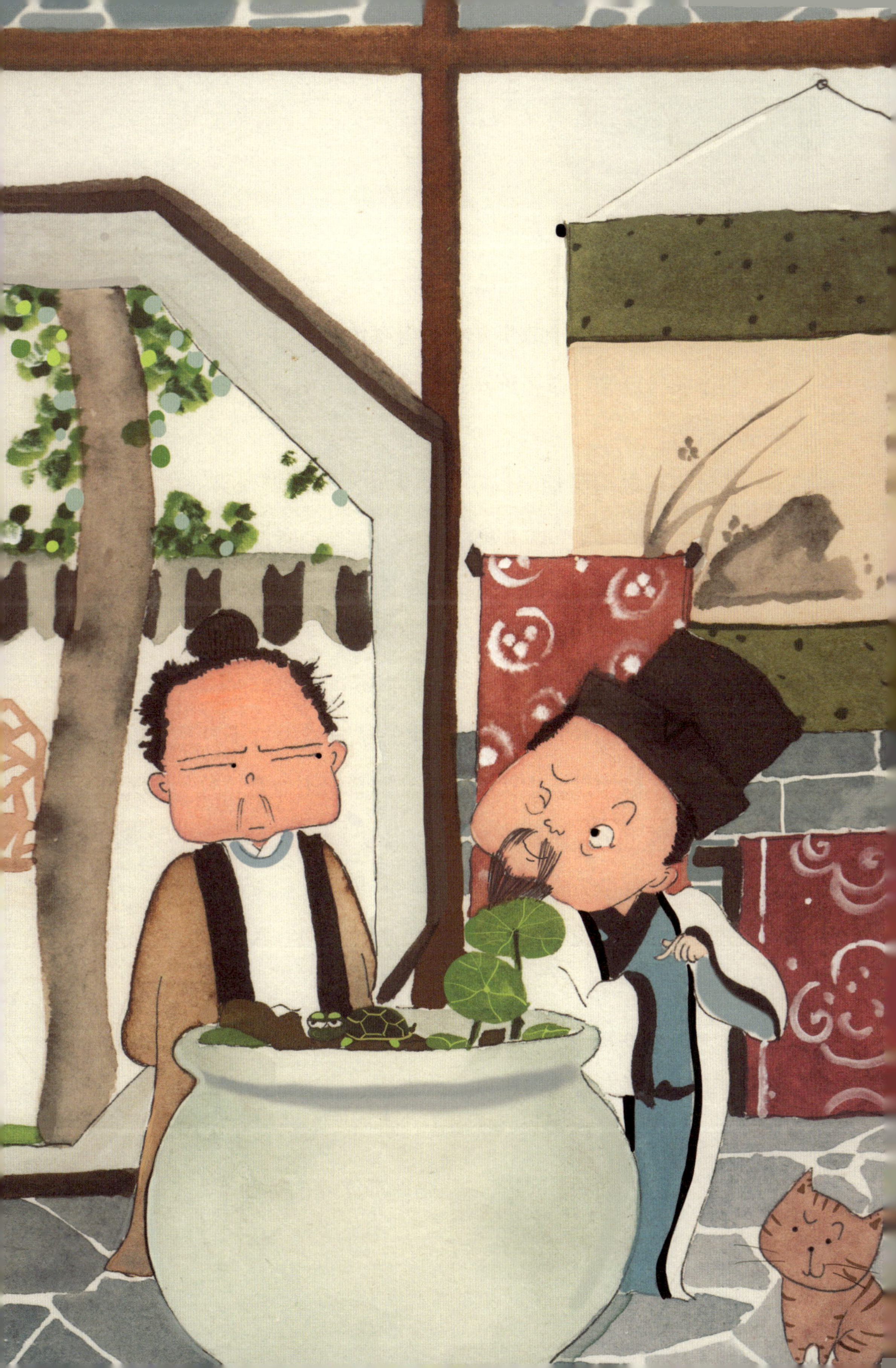

有三对眼睛，因此它睡一觉抵别的乌龟睡三觉。'"

吕大防刚听完这个故事并不觉得有什么不对，过了一会儿仔细一想才明白过来，原来苏轼是把他比作乌龟，还是特别能睡的那种乌龟啊！

苏轼不仅敢用笑话调侃宰相吕大防，也敢调侃另一位宰相，他就是熙宁变法的主持者王安石。

王安石曾经写过一本《字说》，解释汉字的来历和含义，类似于《辞源》或者《说文解字》，但是《字说》里面很多解释是牵强附会、毫无根据的，对此，苏轼很不以为然。

比如，《字说》里面说"笃"字的意思是用竹子打马发出的声音，苏轼不以为然。古代的"笑"字看起来像是"竹"字头下面有一个"犬"字，所以苏轼说："用竹子打马就叫'笃'，那用竹子打狗有什么可笑的呢？"

王安石在《字说》里说："坡者，土之皮也。"苏东坡就依样画葫芦调侃说："滑者，水之骨也。"

有一天，苏轼一本正经地对王安石说："近来在下学习相公的《字说》特别有收获，根据您的理论，我考证出'鸠'字就是九只鸟的意思。"

王安石不明所以，问道："是吗？那你说说看是怎么来的？"

苏轼说:"《诗经》里面不是说'鸤鸠在桑,其子七兮'①吗?七只小鸟加上它们的爹妈,正好九个。"王安石这才知道自己上当了,哭笑不得。

吕大防和王安石算是苏轼的熟人,对于不熟的人,苏轼也同样会打趣。

一天,一个素不相识的人携自己的诗文去请教苏轼,那人充满激情地朗诵完,满心希望地问苏轼:"您觉得我的诗文可以打多少分?"

苏轼回答:"一百分。"

此人大喜过望:"为何?"

苏轼回答:"诵读之美七十分,诗文之美三十分。"

估计这个人听了苏轼的点评,应该想找个地缝儿钻进去。

不过在打趣人方面,苏轼也有棋逢对手的时候。有些关于他的趣闻就是他被别人调侃的,特别是被他的好友佛印大师捉弄。

一天,苏轼和佛印乘船游玩,苏轼笑指着河岸上一只在啃骨

---

① 诗经原文是"鸤(shī)鸠在桑,其子七兮。淑人君子,其仪一兮。其仪一兮,心如结兮",形容君子内外一致,苏轼这里是故意曲解原意,来调侃王安石。

头的狗，吟道："狗啃河上（和尚）骨！"

佛印大师拿出一把题有苏轼诗词的扇子，扔到河里，大声道："水流东坡诗（尸）！"这回苏轼可笑不出来了。

据说苏轼在杭州当官的时候，佛印在江对岸金山寺当住持。苏轼给佛印写信说："近来我学佛颇有心得，已经到了'八风吹不动'的境界。"佛印看了信之后，在上面批了一个"屁"字交来人带回。

苏轼看到佛印如此粗鲁的回复，不由得大怒，马上坐船过江找佛印理论。

佛印看到苏轼怒气冲冲地来兴师问罪，微微一笑说："八风吹不动，一屁打过江。"苏轼一听，才知道自己又被大和尚笑话了。

苏轼斗嘴有时甚至会败在小沙弥手下。一天闲来无事，苏轼去金山寺拜访佛印大师，没料到大师不在，一个小沙弥来开门。苏轼傲声道："秃驴何在？"

小沙弥淡定地一指远方，答道："东坡吃草！"

为什么在众多的中国古代文人中，苏轼的趣闻会这么多呢？

因为苏轼是一个幽默而且善于自嘲的人，所以人们愿意将一些明显看起来是编造的故事附会到他身上。

苏轼说:"吾上可陪玉皇大帝,下可陪田院乞儿。"这个睿智的学者、诗人、哲学家,用微笑消解了自己生命的苦楚,也用他的故事为我们消解生命的苦楚。

这个故事的笑点在哪里?

很多关于苏轼的趣闻有一定的文化含量,如果我们不知道相关的典故就无法明白它的意思,例如下面这个故事:

苏轼为官的时候,有人想请苏轼帮他办一些不合规定的事,苏轼不愿意帮他办。这个人就想去找苏轼的弟弟苏辙去办。

苏轼说:"这样吧,我给你讲个故事。从前,有一个盗墓的人,经常盗掘古墓求取财宝。有一天,他发现一个古墓,当他正在挖掘的时候,出现了一个容貌瘦削的白胡子老人。盗墓者问老人:'你是谁?'老人说:'我就是这墓的主人。你最好不要白费力气了,我这个墓里什么都没有。'盗墓者又问:'你叫什么名字?'老人说:'我是伯夷。'盗墓者听了之后只好停手,准备去挖旁边一座墓,老人说:'你也别白费力气了,那座墓是我弟弟叔齐的。'"

这个人听了苏轼讲的故事也忍不住笑了，就打消了再去找苏辙帮忙的念头。

　　你知道这个故事的笑点在哪里吗？

宋朝就有人写《春天在哪里》了？

在幼儿园或小学的时候，我们很多人学过一首很好听的儿歌——《春天在哪里》：

春天在哪里呀？春天在哪里？
春天在那青翠的山林里，
这里有红花呀，这里有绿草，
还有那会唱歌的小黄鹂，
……

这首歌描写了春天美好的景物：山林、红花、绿草以及可爱的黄鹂，歌词清新、旋律优美、节奏活泼，几十年来一直是小朋友们喜欢的歌曲之一。你知道吗，这样来描写春天的美景的"歌"，其实在宋朝就有了，它是谁创作的呢？

宋朝这首"歌"的词作者是黄庭坚。

黄庭坚自幼就是个聪明好学的孩子，据说他读书几遍就能背诵。一次，他的舅舅李常来访，随意取书架上的书问他，黄庭坚都能成诵，李常十分惊奇，认为他是逸群之才。我们熟知的唐朝神童骆宾王七岁时就写出了《咏鹅》，而相传黄庭坚七岁时也写出了一首《牧童诗》：

牧童诗

骑牛远远过前村，短笛横吹隔垄闻。
多少长安名利客，机关用尽不如君。

黄庭坚还是一个书法家，北宋著名的书法四大家"苏、黄、米、蔡"中，"苏"指的是苏轼，"黄"指的就是黄庭坚。在诗歌方面，黄庭坚的成就也很高，他是江西诗派的创始人，与苏轼合称"苏黄"。黄庭坚还是"苏门四学士"之一。"苏门四学士"指的是四位敬佩苏轼，把苏轼当成老师学习的文人，他们是秦观、黄庭坚、晁补之和张耒（lěi）。

前面我们说到的黄庭坚那首写春天的词，就是《清平乐》：

清平乐

春归何处?寂寞无行路。若有人知春去处,唤取归来同住。

春无踪迹谁知?除非问取黄鹂。百啭(zhuàn)无人能解,因风飞过蔷薇。

在黄庭坚的笔下,春天就像一个悄悄地来,又悄悄地离开的调皮的好朋友,当她离去的时候,我们都不知道她去了哪里。我们希望无论谁看到了春天,都捎话给她,让她回来和我们永远住在一起,这样大地上永远是绿草鲜花,永远是和风细雨,那该有多好。

可是谁能知道春天去了哪里呢?哦,有一种鸟儿一定知道,春天来的时候,它就一直陪伴在春天身旁,它也一定会知道春天去了哪里,它就是可爱的小黄鹂。我们问小黄鹂春天的踪迹,小黄鹂回答了我们的问题,可是它婉转的鸣叫谁也听不懂。小黄鹂失去了耐心,趁着一阵风,飞过了蔷薇花。蔷薇花无声地告诉我们:"别费心找春天了,夏天已经到来了。"

把黄庭坚的《清平乐》与《春天在哪里》对比一下,你是不是觉得它们非常相似呢?

黄庭坚这首词当时就很受欢迎。词人王观非常喜欢这首词,

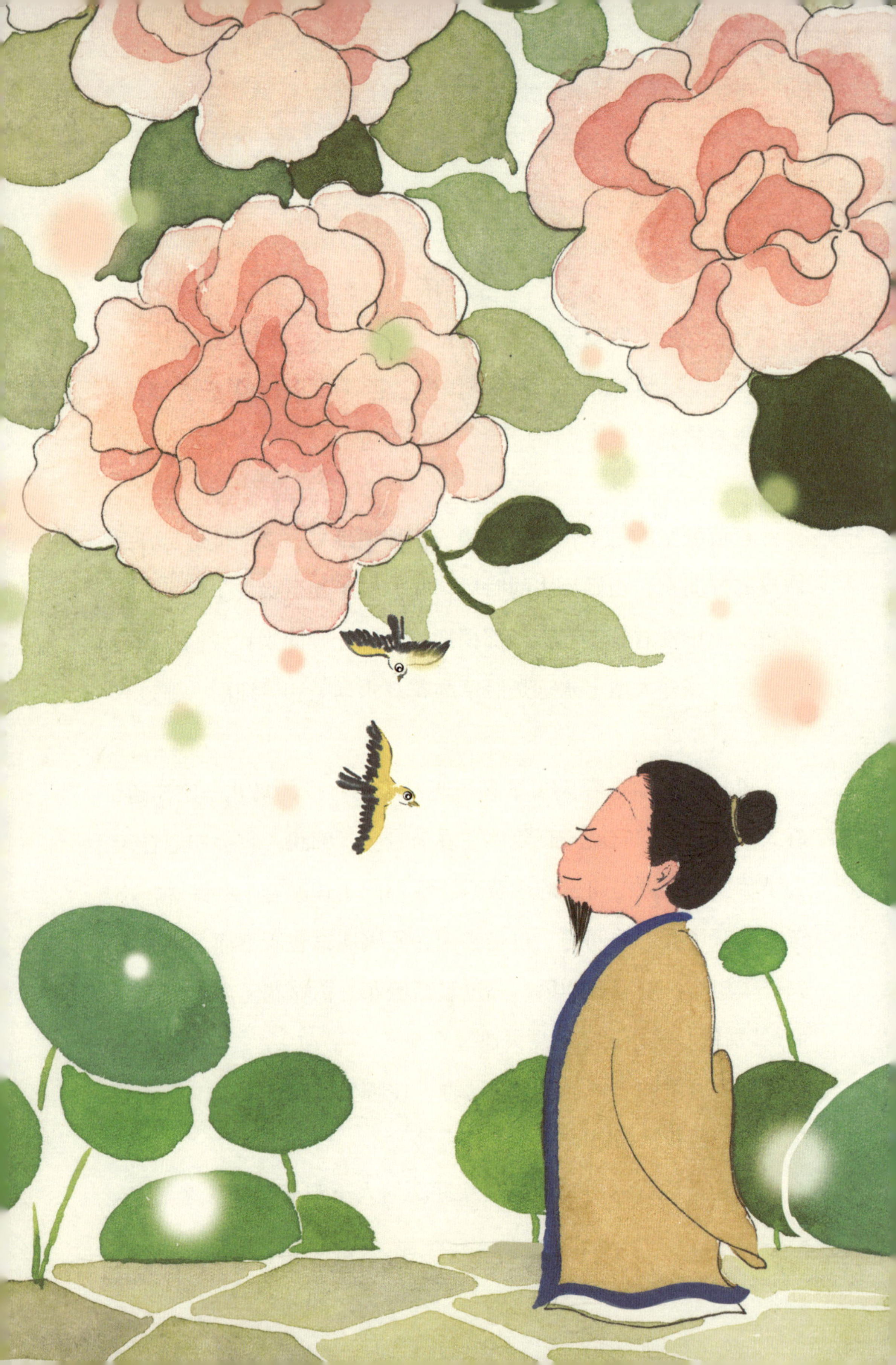

还化用其中的意境作了另一首词：

卜算子·送鲍浩然之浙东

水是眼波横，山是眉峰聚。欲问行人去那边？眉眼盈盈处。
才始送春归，又送君归去。若到江南赶上春，千万和春住。

王观的好朋友鲍浩然要去浙东，那里是著名的江南水乡，也是春天常驻的地方。这首词说：盈盈的春水就像少女美丽的眼波，淡淡的青山就像少女的眉毛。我的朋友啊，你要去哪里呢？就是去那眉眼盈盈的江南福地啊！我们刚刚送走了春天，现在又要送走你，要是你到江南正好碰上春天，一定要留住她和你一起住下啊！

黄庭坚用哪首诗回顾自己一生？

黄庭坚虽然才华盖世，但是他个性倔强，不愿意攀附权贵，又加上他是"苏门四学士"之一，苏轼被贬，他也受牵连，所以他一生仕途不顺，多次被贬。但是他始终没有屈服，更不后悔。晚年他写了一首《寄黄几复》，回顾了自己坎坷的一生，抒发了对人生的感慨，也表现了他始终没有被打垮的精神。

寄黄几复

我居北海君南海，寄雁传书谢不能。
桃李春风一杯酒，江湖夜雨十年灯。
持家但有四立壁，治病不蕲（qí）三折肱。
想见读书头已白[①]，隔溪猿哭瘴溪藤。

这首诗中的"桃李春风一杯酒，江湖夜雨十年灯"成了流传千古的名句。

[①] 也有版本作"想见读书头已白"。

中国诗词中国节

关于重阳节的诗词

中国古代哲学把万物都分为阴和阳两类：女人是阴，男人是阳；月亮是阴，太阳是阳；流水为阴，高山为阳……甚至数字都分为阴阳，一般偶数为阴，奇数为阳。古人认为阳数中最大的就是九，两个九同时出现就是重九，也就是重阳，这就是重阳节得名的原因。

重阳节的习俗有举家登高，佩戴茱萸，饮菊花酒等，关于重阳节，还有一个传说。

据说东汉汝南（在今河南）有一个叫桓景的人跟老师费长房学道。有一天，费长房对桓景说："九月九日，你家里会有大灾祸。你们一定要外出，每个人做一个红色布袋，装入茱萸，佩戴在手臂上，登上高山喝菊花酒，就可以躲过这个灾祸。"桓景按照老师说的做了。等傍晚全家回来的时候，他们看见家里养的鸡犬牛羊都死了。桓景一家因为佩戴茱萸，饮了菊花酒，避过了瘟疫。从此，重阳登高、佩戴茱萸、饮菊花酒就成了重阳节的习俗。

重阳要举家登高，这个节日就成了家人团聚的一天，但是由于游学、做官等原因，有些人在重阳这一天无法与家人团聚，平添了一份思乡之情。例如，唐代的王维因为参加科举考试，在重阳这一天就独自流落在外，于是他写下了著名的《九月九日忆山东兄弟》：

九月九日忆山东兄弟

独在异乡为异客,每逢佳节倍思亲。

遥知兄弟登高处,遍插茱萸少一人。

家是人生的港湾,也是我们永远的庇护所。有家,我们心里就多了一分宁静,也多了一分安全,所以,每到重大节日的时候,中国人总是希望家人都团聚在一起,共享天伦之乐。如果自己独自在外,遇到节日,这种思念当然会不可抑制;而在家的人,思念在外的亲人,心里也会牵挂不已。王维想象自己的兄弟们在重阳之日登高,大家都佩戴了茱萸,独独少了他一个,真是太遗憾了!

宋代的女词人李清照,也曾在重阳节陷入了思念亲人的愁绪中:

醉花阴

薄雾浓云愁永昼,瑞脑消金兽①。佳节又重阳,玉枕纱厨,半夜凉初透。

东篱把酒黄昏后,有暗香盈袖。莫道不消魂,帘卷西风,人比黄花瘦。

---

① "消"一作"销"。

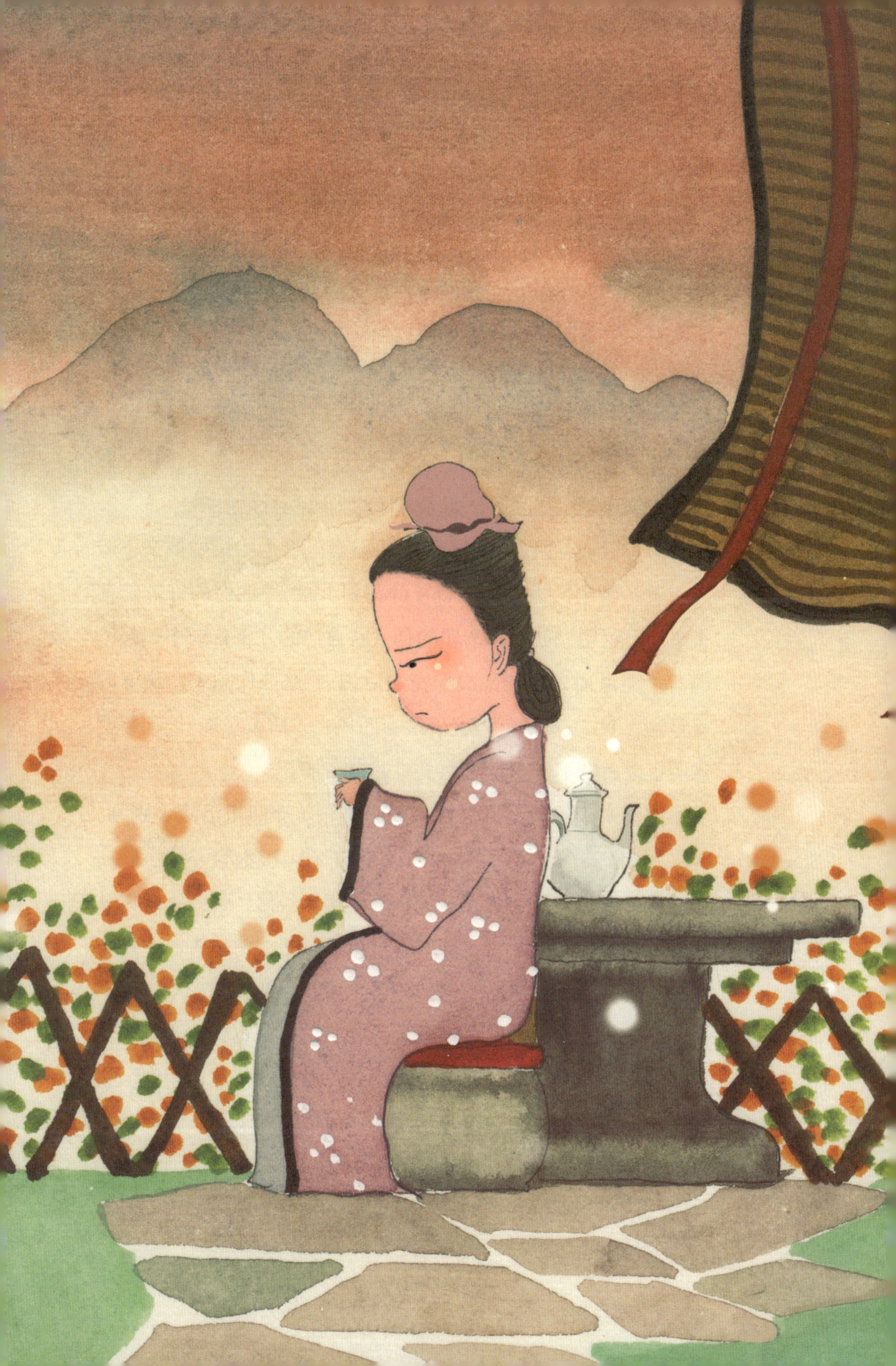

又是一个重阳节，丈夫赵明诚因为公事不在自己身边，孤独的词人李清照一个人无聊地待在家里，香炉里熏着香，好像天地都灰蒙蒙的。词人卧在纱帐中，半夜醒来，觉得到处都是冰凉的。

她独自在花园里喝酒，菊花盛开，香气钻进了她的衣袖，可是丈夫还是没有回来，而思念他的人已经日渐消瘦。

据说后来赵明诚看到妻子写的这首词，心中又敬佩又不服气，于是暗中又写了几十首《醉花阴》，正好他们的好友陆德夫来访，赵明诚就把李清照的词夹在自己的几十首词中一起给他看。同是词人的陆德夫看完之后说："这些作品中，最好的就是这三句：'莫道不消魂，帘卷西风，人比黄花瘦。'"赵明诚听了之后默不作声，对妻子却更加钦佩了。

前面讲到的黄庭坚，曾被贬为涪州（今四川涪陵）别驾，被安置在黔州（今四川彭水）。他住在依山傍水的一间小破屋中。屋外江水奔腾，涛声震天，破屋年久失修，一到下雨天就到处漏雨，住在里面感觉像乘着一只小船在波涛里沉浮。这一年的重阳，下了好久的雨居然停了。天清气朗，阳光灿烂，人们纷纷走出家门，参加各种纪念活动，黄庭坚也兴致勃勃地加入了他们的行列。他还在白发上插了一支黄菊，黄白相映，格外惹眼。有人嘲笑他这个打扮过于"时髦"的老头，黄庭坚不以为意，写了这首词：

定风波·次高左藏使君韵

万里黔中一漏天，屋居终日似乘船。及至重阳天也霁，催醉，鬼门关外蜀江前。

莫笑老翁犹气岸，君看，几人黄菊上华颠？戏马台南追两谢，驰射，风流犹拍古人肩。

重阳节到现在已经有两千多年的历史，而现在，它又被赋予了新的含义。

20世纪80年代起，我国有些地方把农历九月初九定为老人节，倡导全社会树立尊老、敬老、爱老的良好风气。2012年12月28日，《中华人民共和国老年人权益保障法》以法律的方式明确，每年农历九月初九为法定"老年节"。

下次重阳节的时候，别光顾着爬山、戴茱萸，一定要记得家中的老人，好好陪伴一下他们哦！

谁长相奇丑却有一个小清新的外号？

宋代很多词人有外号，比如宋祁的外号是"红杏枝头春意闹尚书"，张先的外号是"张三影"等。词人贺铸也有一个非常小清新的外号——贺梅子。如果只听这个外号，大家也许会以为贺铸是一位英俊帅气、潇洒多情的翩翩佳公子，可是根据陆游的记载，贺铸其实长得很丑，他"色青黑而有英气"，当时的人称他"贺鬼头"。这样一个长相奇丑的人为什么会有这样小清新的外号呢？

贺铸据说是唐代著名诗人、书法家贺知章的后裔，也是宋代太祖贺皇后的族孙，血统高贵。贺铸从小就有雄心壮志，希望能干出一番事业。可是，他一生也只做过地位低下的武官。宋代从立国之初就确定了重文轻武的国策，武官的地位很低，因此贺铸可以说是郁郁不得志。他说自己是文武全才，武能赤手抓住老虎，文能下笔千言滔滔不绝[1]，他很希望能像李白一样，有一天得到皇帝的诏书请他进宫，然后自己"仰天大笑出门去，我辈岂是蓬蒿人"。可是贺铸一直没等到这样的机会，他更像是唐代困顿一生最后郁郁而终的李贺，悲叹"衰兰送客咸阳道，天若有情天亦老"。

身世的沉沦使贺铸心中充满了忧愁，他把这种忧愁注入笔端，写出了一首当时人们就广为传唱，至今仍然脍炙人口的名篇：

青玉案

凌波不过横塘路，但目送、芳尘去。锦瑟华年谁与度？月桥花院，琐窗朱户，只有春知处。

飞云冉冉蘅皋暮，彩笔新题断肠句。试问闲愁都几许[2]？一川烟草，满城风絮，梅子黄时雨。

这首词看上去像是一首爱情词。上阕写：心目中的那个女

---

[1] 原文是"缚虎手，悬河口"，出自贺铸的词《行路难·缚虎手》。
[2] 也有版本作"若问闲情都几许"。

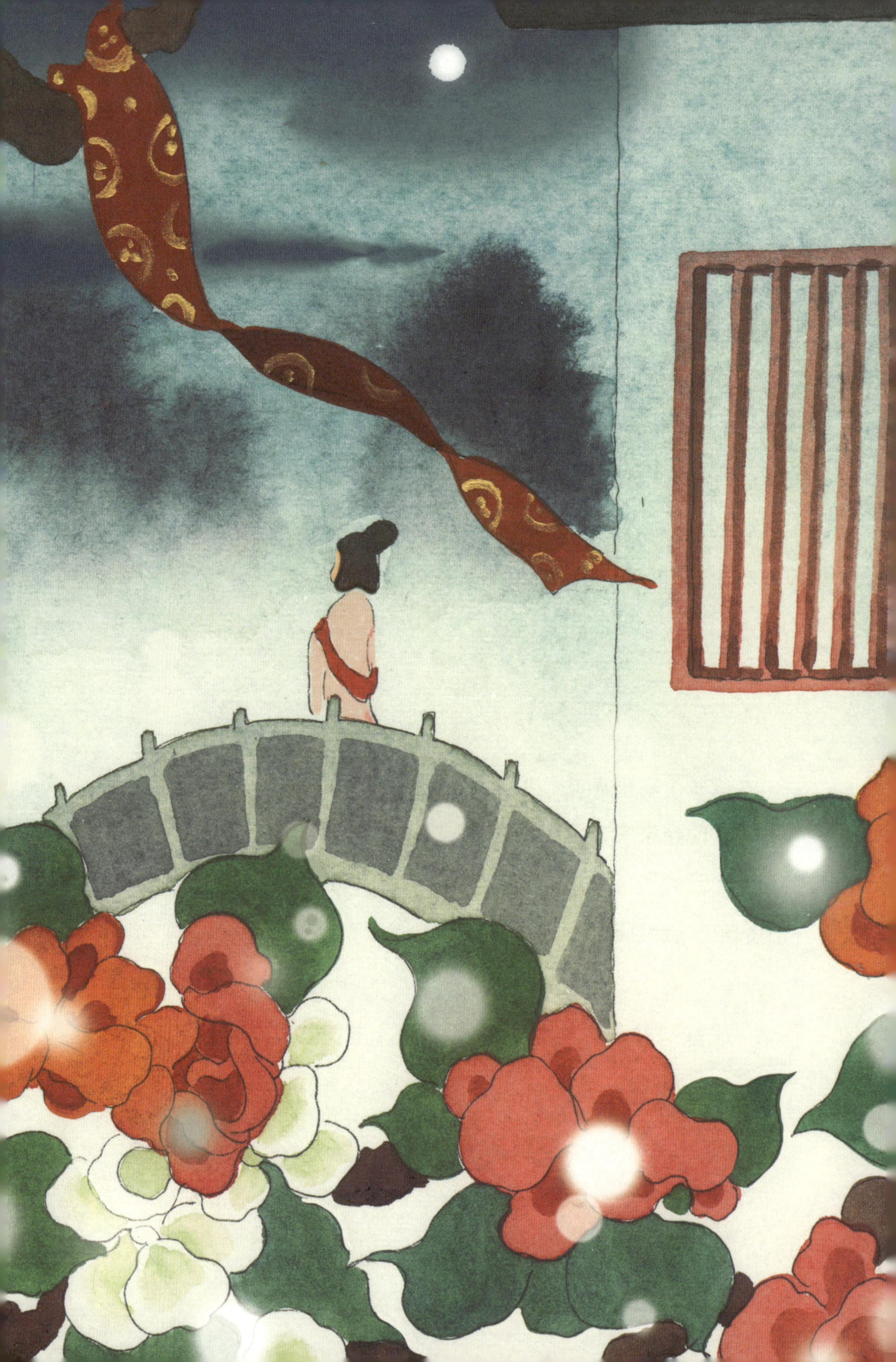

子，就像曹植笔下的宓（fú）妃一样，踏着凌波微步，娉娉袅袅地走远了，只留下我目送她。从此以后，我不知道美好的生活能与谁一起度过，月光下的小桥，开着鲜花的庭院，雕刻花纹的红色窗户，这一切都没有了意义，因为心中的那个人已经远去。

下阕说：云卷云舒，城郊日色将晚，我拿起彩色的笔，写下思念断肠的句子。你问我的闲愁有多少？就像这一川的烟草，就像这满城的风絮，就像这黄梅时节淅淅沥沥的小雨。

这首词最为人叹赏的是最后一句，忧愁本来是没有形状，没有重量，更没有声音的，但是贺铸一连用了三个比喻，竟然将无形的忧愁写出了形状、重量和声音。一川飘飞的烟草，似乎是忧愁笼罩，无边无际，让人无处可逃；满城风絮，似乎是忧愁让人迷茫不定，充塞天地，似乎没有重量，却又沉沉地压在心上；黄梅时节家家雨，淅淅沥沥，点点滴滴都滴在心头，像是忧愁每时每刻都在提醒自己。

有人说，贺铸的愁是被那个女子引发的。那天，她娉娉婷婷地走过那条湖边的小路。词人无法赶上她，只能呆呆地望着她的背影，渐渐远去。她经过的小径上，如散花一般，散下了一路的愁绪，词人跟随她的足迹，将愁绪的花瓣捡拾起来，编成词的花环，等待她下次路过。李清照所说的"一种相思，两处闲愁"，大概也是这样的如花的愁？

有人说，贺铸的愁绪是被自己的身世引发的。有什么哀愁能抵得上生命与时代错位的苦闷？一身武艺无法施展，满腹文采只能用来赏花吟月，忍看年华老去却一事无成。那偶遇的女子，其实是词人的梦想的化身，与屈原笔下的香草美人一样，寄托的不是爱情，而是词人对理想中的那个"我"的期待。多年以后，跟贺铸有着极其相似的生命感悟的辛弃疾在他的《摸鱼儿》中写道："闲愁最苦。休去倚危栏，斜阳正在，烟柳断肠处。"

也许，探究诗人愁的原因根本就没有任何意义，每个人的忧愁都只属于自己，别人无法复制，也就没必要猜测。不管这种愁是自君别后的忧伤，还是壮志难酬的悲凉，每个人忧愁的内容可以是不同的，但是忧愁的感觉却经常是一样的。那种极封闭又极空旷，极平静又极躁动，极空虚又极沉重的感觉，就是忧愁的感觉。一川烟草，满城风絮，迷茫的词人似乎在期待，但是又不知道自己到底在期待什么。淅淅沥沥的雨从容不迫地敲打着庭院里的芭蕉，也敲打在词人的心上。

据说，此词一出，人们都对最后一句赞不绝口，贺铸也因此得到个雅号——"贺梅子"。

你读过这首《六州歌头》吗？

贺铸年少时豪爽任侠，为官后却长期居于下僚，心中充满忧愤。他的作品中最能代表这种心情的就是这首《六州歌头》：

六州歌头

少年侠气，交结五都雄。肝胆洞，毛发耸。立谈中，死生同，一诺千金重。推翘勇，矜豪纵。轻盖拥，联飞鞚（kòng），斗城东。轰饮酒垆，春色浮寒瓮，吸海垂虹。闲呼鹰嗾（sǒu）犬^①，白羽摘雕弓。狡穴俄空。乐匆匆。

似黄粱梦，辞丹凤，明月共，漾孤篷。官冗从，怀倥（kǒng）偬（zǒng），落尘笼，簿书丛。鹖（hé）弁（biàn）如云众。供粗用，忽奇功。笳鼓动，渔阳弄，思悲翁。不请长缨，系取天骄种，剑吼西风。恨登山临水，手寄七弦桐，目送归鸿。

---

① 也有版本作"闲呼鹰嗾犬"。

为什么宋代很多女子能写一手好词？

我们知道，词的全盛期是在宋代，所以我们习惯称词为"宋词"，宋词也成为与唐诗并列的我国古代最著名的诗歌体裁之一。那么，词在宋代到底流行到什么程度呢？从一个现象可以明显体现出来——宋代不仅有很多男性词人，而且很多女子也能写一手好词。

我国古代封建社会时重男轻女，很多女子是不能接受教育的，甚至社会普遍认为"女子无才便是德"。但是，宋代的词实在太流行了，很多深藏闺中的女子也受到影响，写的词有不少还流传至今。

宋仁宗的时候，有一个太尉①娶了一个皇族女子为妻。有一天这个女子进宫向皇帝哭诉："我的丈夫新娶了一个小妾，现

---

① 宋代主管军事的高官。

在整天和她在一起而疏远我了!"皇家的女子受委屈了,这还了得!皇帝大怒,下旨把那个小妾流放了,还扣了太尉一年的工资。按照当时的法律,妻子告发丈夫也是要受惩罚的,所以太尉夫人被安排到一个叫瑶华宫的道观居住。一年多以后,春日将尽,远处的柳树像轻烟一样美丽。刚下过小雨,天空正在放晴,花朵上的露水慢慢下滑,快落到花茎上了。院子里有一架秋千,但是太尉夫人无心玩乐,她看到海棠花马上要凋谢,想到时节已是过了清明。太尉夫人觉得很孤单,她想,即使自己精心妆扮,现在又能给谁看呢?太尉夫人有些后悔了,她很想回家与丈夫相见,但是皇帝的旨意却将他们分隔,这让她无限痛苦。于是,太尉夫人自创词曲,叫《极相思》:

极相思

柳烟霁色方晴,花露逼金茎。秋千院落,海棠渐老,才过清明。

嫩玉腕托香脂脸,相傅粉、更与谁情?秋波绽处,相思泪迸,天阻深诚。

皇亲国戚、达官贵人家的女子会写词也不算什么稀奇事,因为当时虽然男尊女卑，但贵族女子还是能够接受教育的。然而，宋代即便是贫民家的女子也能写词，甚至能现场写词，这就让人惊讶了。

宋徽宗的时候，有一年正月十五大放花灯，京城里的人们纷纷出来观看。宋徽宗为了与民同乐，也登上城楼观看，还下令让太监拿出宫里的美酒，用金杯盛着赏赐给观灯的百姓喝。大家都非常高兴，山呼万岁。可是过了一会儿，卫士们就押着一个女子到宋徽宗跟前，说："这个女子喝了御酒之后，居然想偷走金杯！"宋徽宗问："你为什么要偷金杯？"女子回答说："民女今天是跟夫君一起来观灯的，但是人太多，我和夫君被挤散了，这时候正好碰上陛下赏赐美酒，民女也喝了，但是害怕回去后公婆会责怪我没有丈夫陪同还喝得满嘴酒气，才胆大包天想把金杯偷回去做个证明。"说完，这个女子居然当场吟出一首词：

鹧鸪天

月满蓬壶灿烂灯，与郎携手至端门。贪看鹤阵笙歌举[①]，不觉鸳鸯失却群。

[①] "笙歌举"一作"笙箫举"。

天渐晓，感皇恩，传宣赐酒饮杯巡。归家恐被翁姑责[①]，窃取金杯作照凭。

宋徽宗听了她的词，不禁大笑，令卫士们释放了这名女子，还把金杯送给她以示奖励。

由此可见，宋代真是一个词的时代，不仅男子写词，女子也能写词，其中更涌现出了李清照、朱淑真、严蕊这些著名的女词人。关于她们的故事，我们后面再慢慢讲。

你知道陈妙常的故事吗？

陈妙常是宋代女贞庵中的一个尼姑，她长得很漂亮，也很有才华。词人张孝祥看上了她，可是陈妙常对张孝祥不感兴趣，便回了他一首词：

太平时

清静堂中不卷帘，景悠然。闲花野草漫连天，莫狂言。

---

① 也有版本作"归家只恐公姑责"。

独坐洞房谁是伴？一炉烟。闲来窗下理琴弦，小神仙。

　　张孝祥碰了一鼻子灰，无可奈何，但是也很钦佩陈妙常的才华。后来，陈妙常遇到了一个书生潘必正，两人情投意合。但两人想在一起却遇到了重重阻碍，无奈之下，潘必正找到老友张孝祥帮他想办法，张孝祥不计前嫌，帮助二人最终结成连理。这个故事后来被剧作家高濂改编为《玉簪记》，被各种地方戏作为保留剧目，盛演不衰。

中国诗词中国节

关于元宵节的诗词

元宵节又称上元节、元夕或者灯节,是春节后第一个重要节日,也是汉文化圈和海外华人的传统节日之一。在元宵节时,人们吃元宵、出门赏月、看花灯、猜灯谜、舞龙灯、耍狮子、踩高跷、划旱船、扭秧歌……可以说,元宵节也是中国人的狂欢节。

元宵节早在两千多年前就有了。汉文帝时下令将正月十五定为元宵节。古往今来,关于元宵节的诗词很多,其中最著名的是辛弃疾的《青玉案·元夕》:

青玉案·元夕

东风夜放花千树。更吹落,星如雨。宝马雕车香满路。凤箫声动,玉壶光转,一夜鱼龙舞。

蛾儿雪柳黄金缕,笑语盈盈暗香去。众里寻他千百度,蓦然回首,那人却在,灯火阑珊处。

这首词描写宋代元宵节的盛况,还描写了词人与心上人在元宵节约会,却一直没找到她,"众里寻他千百度"之后,才看见"那人却在,灯火阑珊处"。

古代元宵节时,平时大门不出二门不迈的女子可以大大方方地出门看灯,比如前面提到的宋徽宗时期的窃杯女子,也在元宵节的时候和丈夫一起出来看花灯。因此,元宵节也是当时

男女约会的好时机。欧阳修的《生查子》[1]写道:

生查子

去年元夜时,花市灯如昼。

月上柳梢头,人约黄昏后。

今年元夜时,月与灯依旧。

不见去年人,泪湿春衫袖。

当然,这样热闹的景象古代一般都是在大城市,如果是偏远的地方,可能元宵节就要逊色得多了。苏轼在密州当知州的时候,元宵节时人们只是吹吹打打庆祝一会儿就偃旗息鼓了,苏轼不由得想起以前在杭州过元宵节的时候,火树银花,夜晚如昼。两相对比,他不禁有些黯然,于是便写下了这首词:

蝶恋花·密州上元

灯火钱塘三五夜,明月如霜,照见人如画。帐底吹笙香吐麝,更无一点尘随马。

寂寞山城人老也,击鼓吹箫,却入农桑社。火冷灯稀霜露下,昏昏雪意云垂野。

---

[1] 一说这首词的作者是秦观或女词人朱淑真。

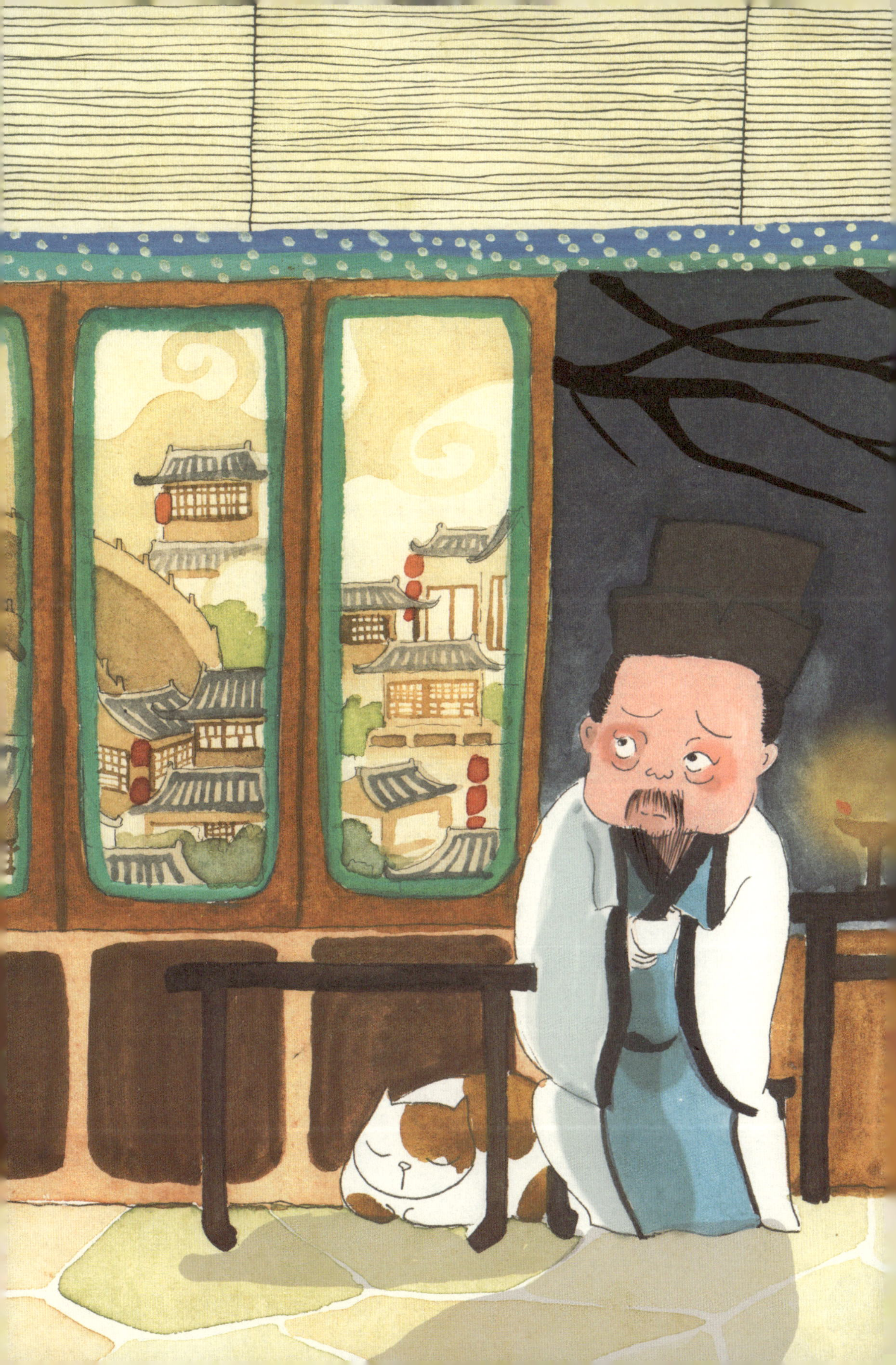

女词人李清照年轻的时候，与丈夫赵明诚恩爱情深，那时候的元宵节，想必是夫妻双双出游，通宵尽兴才罢。可是祸从天降，战火逼近，乃至北宋被金所灭，李清照仓皇南渡，丈夫又忽然因病去世，她与丈夫穷尽半生搜集的金石古籍，或被毁，或被骗，或被偷，或被抢，最后几乎没有剩余。晚年的李清照孤苦一人，在过元宵节的时候，别人来邀请她，她都不愿参加，因为这会勾起她的伤心往事，让她更痛彻心扉。在这样的心情下，李清照写了这首《永遇乐·元宵》：

永遇乐·元宵

落日熔金，暮云合璧，人在何处？染柳烟浓，吹梅笛怨，春意知几许？元宵佳节，融和天气，次第岂无风雨？来相召、香车宝马，谢他酒朋诗侣。

中州盛日，闺门多暇，记得偏重三五。铺翠冠儿，捻金雪柳[①]，簇带争济楚。如今憔悴，风鬟霜鬓，怕见夜间出去。不如向、帘儿底下，听人笑语。

同样的节日，同样的景物，词人的心境却完全不同。物是人非，李清照借元宵节写自己的身世，这首词也算是元宵诗词

[①] 也有版本作"撚金雪柳"。

里的独特之作了。

南宋灭亡之后,蒙古人统治了中原,当时元宵节还是照样过,不过似乎与以前有一些不同:以前是舞狮子,现在是在铁甲战马上披一层毡子表演;同样有音乐,不过此时的音乐却夹杂了很多陌生的新曲调。词人刘辰翁目睹这一切,想到国破家亡之痛,写下了这首《柳梢青·春感》:

柳梢青·春感

铁马蒙毡,银花洒泪,春入愁城。笛里番腔,街头戏鼓,不是歌声。

那堪独坐青灯。想故国,高台月明。辇下风光,山中岁月,海上心情。

历史上最有名的才女是谁?

我们都知道,古代封建社会男尊女卑,读书、考科举、中进士做官都是男人的事情,女子就被要求大门不出二门不迈,甚至有一种说法叫"女子无才便是德",认为她们只应该学习针线刺绣,相夫教子,做好男人的贤内助。因此,在漫长的古代社会,女子在文学上崭露头角的十分稀少,但是也不是没有例外,比如一代才女李清照。

李清照出身官宦家庭,她的父亲叫李格非,是苏轼的学生,母亲是状元王拱辰的孙女,文学修养很高。李清照从小就在父母的悉心指导下学习诗词,加上家庭文化氛围的熏陶以及她自己的聪颖好学,李清照在诗词方面展露出了惊人的才华。

时光荏苒,李清照在父母的呵护下逐渐长大,已经成为一个亭亭玉立的少女。青春的萌动使她开始有了一些从未有过的期待和盼望,更多了一些紧张和羞涩。她开始幻想,自己以后会遇到一个怎样的人？会过上怎样的生活？但是这一切她都不敢跟任何人说，包括自己的父母，只能悄悄地埋在心底。但是她不知道，父母早就将这些看在眼里，而且，她写的词也泄露了自己的心事。

一个春日，李清照在花园里荡秋千。此时已是暮春，气温逐渐回暖，荡完秋千，汗水已经湿透了薄薄的春衣。李清照正在整理衣衫的时候，突然听见仆人传报有客人来拜访父亲，她慌忙奔向后院躲避，因为过于慌忙，脚上的袜子掉了一半，头上的金钗也歪斜了。

跑着跑着，李清照突然想：来拜见父亲的是什么人呢？是上次来的那个长胡子的老爷爷，还是以前来的那个喜欢喝酒的大叔，或者会不会是一个英俊潇洒的书生？

想到这里，她脸红了，却也更好奇了，脚步也放慢了，她决定停下来看看来的究竟是谁，可是自己是官宦人家的千金大小姐，这样抛头露面是会被别人笑话的。情急之下，李清照假装低头嗅门边的青梅，偷偷抬眼窥探屋内的情景。

这就是李清照少女时期最著名的代表作《点绛唇》中描述的情景：

点绛唇

蹴罢秋千,起来慵整纤纤手。露浓花瘦,薄汗轻衣透。

见客入来,袜刬(chǎn)金钗溜。和羞走,倚门回首,却把青梅嗅。

虽然少女时代的李清照一直生活在父母的保护之下,但是她的才名早已传出了高墙,传到了当时文人们的耳朵里。

要写诗作词,不仅要有高超的驾驭文字的能力,还要有一双善于观察世界的眼睛和一颗敏感体悟的心,这些李清照都具备了。

一日清晨,李清照因为前一晚喝了点儿酒而睡得有些沉,醒来时天已经亮了。还没起床,她就牵挂起了院子里的海棠花:一夜风雨,不知道海棠花现在如何了。她着急地询问正在卷帘子的侍女,侍女满不在乎地回答:"海棠花和昨天一样呢!"

李清照不高兴了,说:"你真是粗心啊,昨晚那么大的风雨,今天叶子定是更加鲜嫩了,但是花儿肯定被打落了不少。"

后来李清照根据这件事,写了著名的《如梦令》:

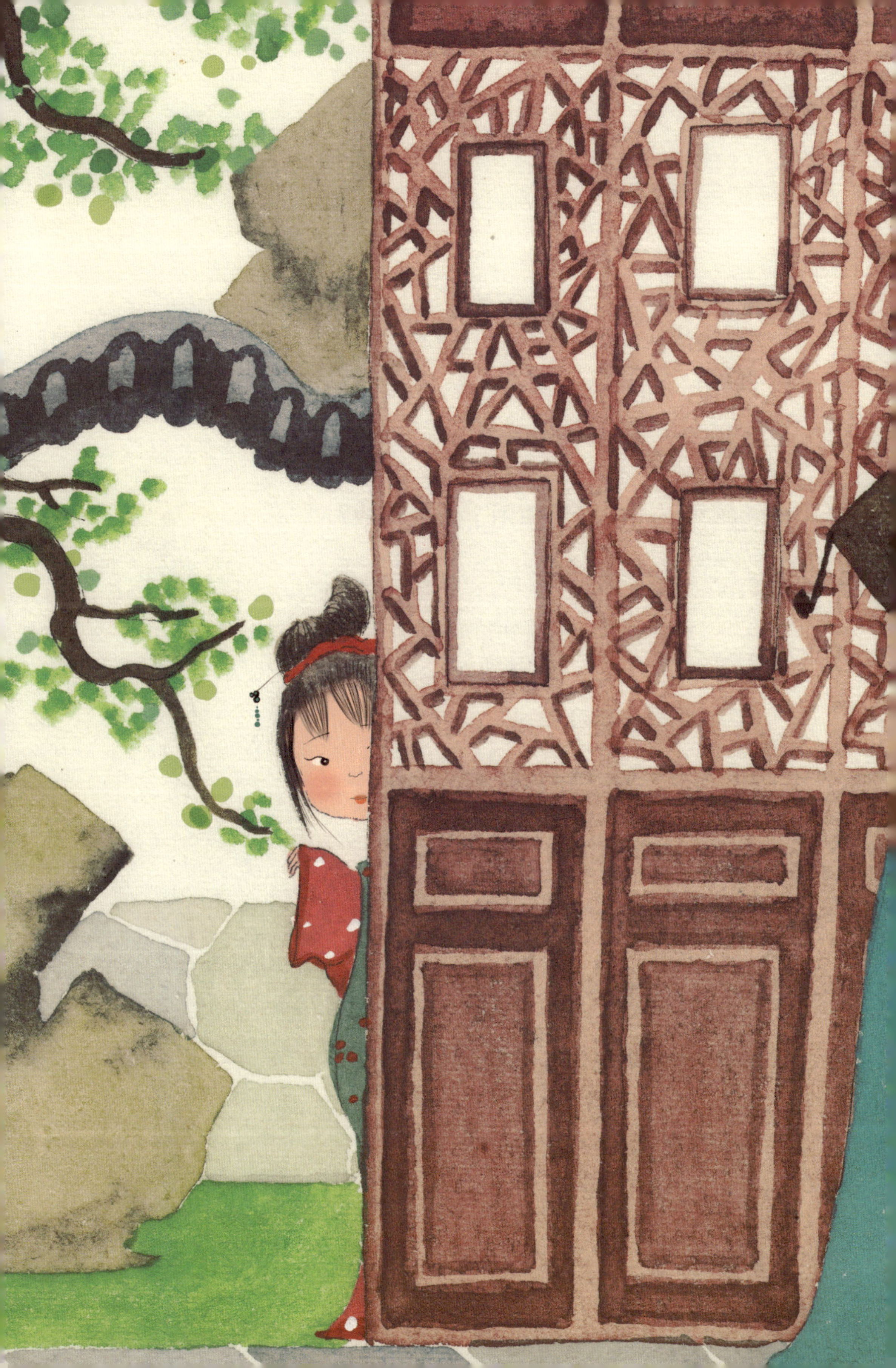

如梦令

昨夜雨疏风骤,浓睡不消残酒。试问卷帘人,却道海棠依旧。知否,知否,应是绿肥红瘦。

李清照在《点绛唇》中用了什么典故?

李清照在这首词里使用的典故是"青梅",出自唐代大诗人李白的《长干行》——这首诗写的是一对从小一起长大,后来结为夫妻的男女坚贞动人的爱情。诗的开头写道:

妾发初覆额,折花门前剧。
郎骑竹马来,绕床弄青梅。
同居长干里,两小无嫌猜。

后来,人们便把从小一起长大的情侣或者夫妻称为"青梅竹马"。李清照在她的词里写嗅青梅,其实也含蓄地表达了少女对爱情的朦胧向往与追求。

纳兰容若也是李清照的粉丝？

纳兰性德，字容若，是清代著名的词人，在清代词坛上地位很高，在整个中国文学史上也十分有名，大学者王国维先生曾经说他"北宋以来，一人而已"。纳兰容若流传至今的词中，有一首《浣溪沙》是纪念他去世的妻子的，十分感人：

浣溪沙
谁念西风独自凉，萧萧黄叶闭疏窗，沉思往事立残阳。
被酒莫惊春睡重，赌书消得泼茶香，当时只道是寻常。

这首词的下阕尤其感人，而"赌书消得泼茶香"一句，其实用的是李清照的典故。

前面说过，李清照还在少女时期，她的才名就飞出了高墙大院为人们所知，也被当时一个叫赵明诚的太学生听到了。赵明诚

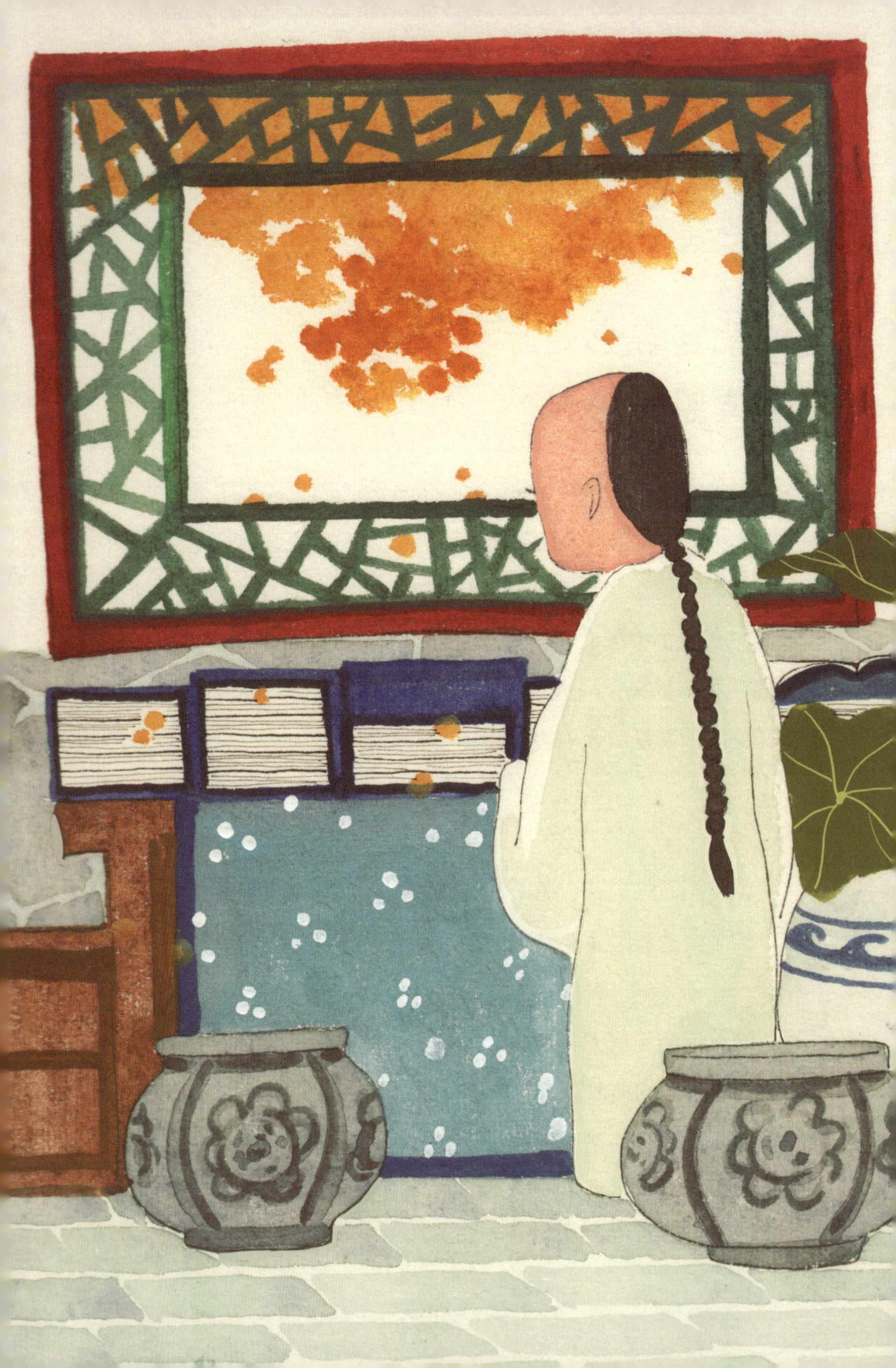

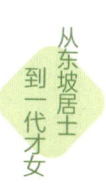

也出身官宦世家，他的父亲叫赵挺之，当时担任吏部侍郎。有一天，赵明诚对父亲说："父亲，昨夜我做了一个梦，梦见我在朗诵一首诗，但是醒来的时候我只记得三句了。"

赵挺之问："哪三句？"

赵明诚说："'言与司合，安上已脱，芝芙草拔'，孩儿不知道是什么意思。"

赵挺之大笑："'言'与'司'合在一起就是'词'字；'安'字把上面去掉是'女'字；'芝芙'二字将上面的草字头去掉就是'之夫'两个字。这个梦是说你应该娶一个词女当妻子。"

娶哪位词女呢？纵观当时，只有一个女子享有"词女"之名并且还待字闺中，这个词女就是李格非的女儿李清照。于是，赵挺之立即向李家提亲，两家本是门当户对，父辈之间交往也不错，于是一拍即合，十八岁的李清照就嫁给了二十一岁的赵明诚。

李清照早期的婚姻生活，甚至比她预想的还要幸福。她的人生之舟告别了少女的渡口之后，又来到了更甜蜜的爱情港湾。娇憨的少女成了美丽的新娘，她临水照花，对镜描眉，买来一朵尚带露珠的鲜花，插在鬓角，对着夫婿撒娇："怕郎猜道，奴面不如花面好。云鬓斜簪，徒要教郎比并看。①"

更重要的是，两人有着共同的兴趣爱好——金石古书画。李清照后来回忆，赵明诚还在当太学生的时候，每次放假回家，先当掉衣服换点儿钱，然后到相国寺买碑文和水果点心。回家后夫妻俩赏字品果，虽然寒素，但觉其乐无穷。后来赵明诚当官有了俸禄，两人节衣缩食，把节省下来的所有的钱都用来购买古书古画、铜器碑帖，家里的金石碑刻日益堆积，落落大满。

不过，夫妻俩平时最爱玩的一个游戏还是"赌书"。所谓赌书，就是每次饭后，夫妻俩便煮茶，指着堆积的古书，看谁能说出哪件事出自哪本书哪一页甚至哪一行。李清照的确是女学霸，过目不忘，胜时居多，每次胜利之后，总是掩饰不住自己的得意，端茶大笑，以至于茶被泼洒在衣服上，两人谁也喝不成。

很多年之后，北宋灭亡了，丈夫也去世了。李清照一个人逃难到南方，和丈夫穷尽半生搜集的金石古画也损失殆尽。这时候，李清照再回想起过去赌书的快乐，才知道那时候的幸福是多么可贵。纳兰容若便是借用了李清照的这个典故，回想起妻子在世时候的点点滴滴，那些事情当时觉得都是稀松平常的，可是现

---

① 出自《减字木兰花·卖花担上》。

在失去了，才知道它们的可贵。

李清照为什么"批评"苏轼？

李清照的父亲李格非是苏轼的学生，从辈分上说她应该是苏轼的徒孙了。不过李清照在文学上却从不甘人后，她不仅自己写词，还点评前辈作家。她评价柳永的词"虽协音律，而词语尘下"，意思是虽然音韵协调，但是语言粗俗；评价秦观的词"主情致而少故实"，意思是侧重抒情而缺少内容；评价黄庭坚的词"尚故实而多疵病，如良玉有瑕，价自减半"，意思是内容充实，但小毛病太多，就像美玉有瑕疵，价值就减半了；甚至她连苏轼也敢评价，说苏轼、晏殊和欧阳修等人的词"皆句读不葺（qì）之诗耳，又往往不协音律"，意思是不过是一些长短不一的诗，而且不合音律……

李清照对前辈词人毫不留情地进行了点评，很多观点其实是点中了这些名家的弊病的。不仅如此，李清照还提出了自己的观点："词别是一家。"所以说，李清照不仅是个伟大的女词人，更是一个见解独到的文学理论家。

晚年的李清照
为何境遇凄惨？

李清照出身名门，从小便在书香门第长大，接受了良好的教育，成年后又与赵明诚结为夫妻，两人不仅感情深厚，而且有共同的爱好，因此他们的家庭生活十分美满，宛如神仙眷侣，羡煞旁人。可是，晚年的李清照境遇却十分凄惨，这是为什么呢？

李清照晚年境遇悲凉，是因为她接连遭受了四大打击。

第一，北宋灭亡。靖康二年（1127），金兵攻破了京城开封，俘虏了宋徽宗和宋钦宗，曾经辉煌一时的北宋王朝惨遭败亡，李清照的家乡也陷入战火，迫使李清照跟着难民一起逃难。

第二，丈夫去世。金兵南下的时候，赵明诚由于为母奔丧和官职上任等原因，先南下江宁，李清照则一人保护着他们夫妻多年搜集的金石古物从北向南逃难。建炎三年（1129），李清照突然得到噩耗，说她丈夫病重。李清照心急如焚赶去探望，不久丈夫就离开了人世。

第三，金石丧尽。南渡之时，按照丈夫的嘱咐，李清照将历年搜集的金石古物千挑万选，装了十多车运走，还剩下十多间屋子的古物放在故居，想等待下次运走，谁知她刚走，家乡就陷入战火，那十多间屋子的古物被付之一炬。剩下的东西李清照备极珍惜，可是一个孤零零的弱女子怎么有能力保护这十多车珍宝？它们或被偷，或被抢，或被勒索，或被欺骗，这些夫妻俩千辛万苦地淘来，记载着他们曾经的美好生活和深挚感情的古物最后几乎丧尽。

第四，改嫁受骗。李清照南渡之后，因为国破家亡，丈夫去世，孤苦无依，曾经短暂改嫁给一个叫张汝舟的人。但是李清照并不知道，张汝舟娶自己只是因为听说李清照有很多古物，希望借此大发一笔。结婚后他发现李清照几乎两手空空，于是原形毕露，不仅对李清照恶语相加，还施以暴力。李清照无法忍受。张汝舟一次喝醉后曾炫耀自己谎报参加科举考试的次数骗取官职的事，李清照便向朝廷告发了此事。朝廷调查核实之后，张汝舟被判流放。按照宋朝法律，妻子告发丈夫，即便情况属实，妻子也要被判罪，因此李清照被判入狱两年。幸好有朋友相助，李清照入狱九天就被放出。虽然这件事情被当时人们当作笑料，但李清照敢于反抗夫权，勇气可嘉。

李清照的晚年十分孤独。她曾经想把自己的一身才学传给合适的后人，她看中了一个姓孙的十来岁的小女孩，想教她写词，谁知道小女孩说："女子只应该学习针线女红之类，舞文弄墨不是女子应该做的事情。"这个拒绝了李清照的女孩，后来成了陆游的夫人。

经历国破家亡、丈夫去世等一系列变故后的李清照，孤苦无依地在这世上活着。每个春天都和以前一样明媚，每个秋天都和以前一样爽朗，但是她曾经深爱的人早已远去，"物是人非事事休，欲语泪先流"①。

又是一个深秋，西风凄凉，孤独一人的李清照在庭院里低头走着，像是在寻找什么丢失的东西，庭院里冷冷清清，让人感觉更为凄惨。前几天还是阳光普照，这两天就突然寒冷，这让李清照有些措手不及。她想喝杯酒御寒，但是酒力已经挡不住这晚上的寒风了。天空传来一阵鸣叫，李清照艰难地抬起头，努力睁着昏花的眼睛张望，发现原来是一群大雁正从高空飞过。李清照想，那里面会不会有一只是自己的旧识，曾经帮自己给丈夫送过信？可是现在大雁还在，信却不知道还能送给谁了。

---

① 出自李清照的词《武陵春·春晚》。

一阵秋风吹来，枝头的黄菊又被吹落不少，凋残的花瓣堆在地上，一片狼藉。枝头的菊花已经残败不堪，没有人会去摘了。李清照回到屋内，坐在窗边，时间如此缓慢难熬，不知道什么时候天才黑。天黑了，一觉睡去，也许就不那么难受了。可是黄昏时下起了小雨，雨声淅淅沥沥，雨滴打在梧桐树上，滴在庭院里，那滴答滴答的声音更让人无法入睡。白天愁，夜晚也愁，这种境况，怎么是一个"愁"字能够说清楚的啊？

声声慢

寻寻觅觅，冷冷清清，凄凄惨惨戚戚。乍暖还（huán）寒时候，最难将息。三杯两盏淡酒，怎敌他、晚来风急。雁过也，正伤心，却是旧时相识。

满地黄花堆积，憔悴损，如今有谁堪摘？守着窗儿，独自怎生得黑！梧桐更兼细雨，到黄昏、点点滴滴。这次第，怎一个愁字了得！

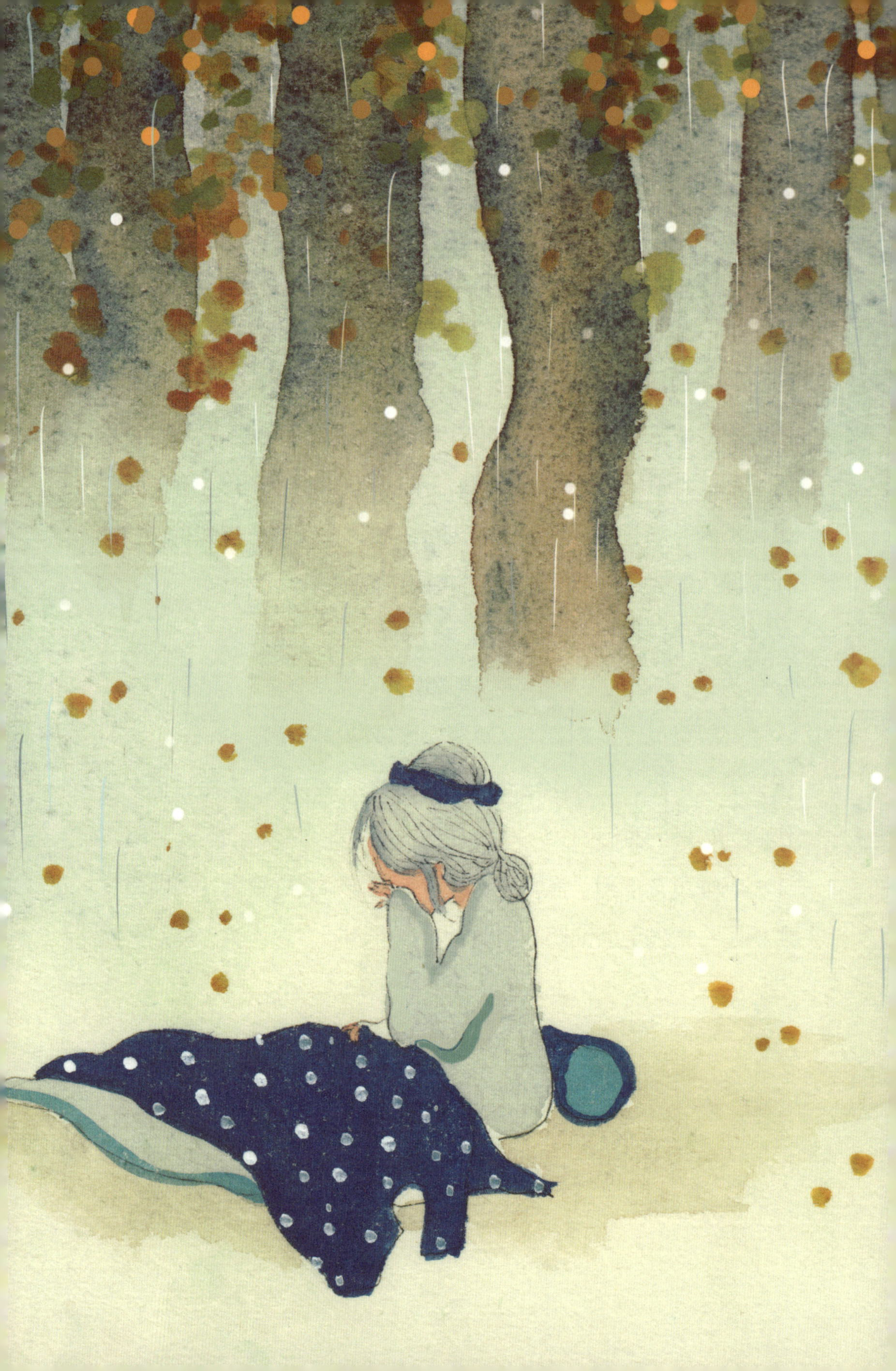

李清照为什么写《夏日绝句》?

李清照有一首著名的诗《夏日绝句》:

夏日绝句
生当作人杰,死亦为鬼雄。
至今思项羽,不肯过江东。

这首诗借咏叹西楚霸王项羽不肯投降汉王刘邦的军队而自刎乌江的典故,表达了李清照对英雄的赞美,也表达了她对软弱无能者的批判。但是也有一种说法,说李清照在这首诗里其实真正批判的是她的丈夫赵明诚。

赵明诚在任江宁知府时,一天深夜,城里发生叛乱。赵明诚不但没有率领士兵平定叛乱,反而从城上缒(zhuì)城而下,仓皇逃走。事后,赵明诚被撤职,家族为之蒙羞。后来,夫妇俩沿长江而上,路过乌江项羽自刎处时,李清照写下了这首诗。

宋代还有哪些
著名的女词人？

在重男轻女的古代背景下，宋代依然出现了像李清照那样的一流女词人。除了她，宋代还有哪些著名的女词人呢？

首先要说的是朱淑真。

朱淑真是宋代名气仅次于李清照的女词人，据说她不仅词写得好，书画造诣也很高。用现在的话来说，她是一个不折不扣的文艺女性。不过关于她的生平后世记载得很少，这可能不仅与她的性别有关，也和她家庭的地位有关。

据说朱淑真是钱塘（今浙江杭州）人，从小就喜欢文艺，可是家里把她嫁给了一个衙门里的小官吏，丈夫整天关心的是如何溜须拍马往上爬，对诗词歌赋没有一点儿兴趣。朱淑真跟丈夫毫无共同语言，婚姻生活十分不幸。朱淑真便把自己的苦恼和对幸福生活的向往全部寄托在诗词里，这些诗词后来被家人发现，他们认为朱淑真对丈夫不忠，这个可怜的女词人由此陷入了绝望的深渊，以至于很年轻就郁郁而死。她死前，父母觉得她的作品伤风败俗，竟然把她的诗词全部付之一炬。后来有人搜集了她流传在民间的作品，编成了诗集《断肠集》和词集《断肠词》。

最能体现朱淑真诗词特点的，大概就是下面这首《减字木兰花·春怨》，有人说这是一首"最孤独"的词：

减字木兰花·春怨

独行独坐，独唱独酬还独卧。伫立伤神，无奈轻寒著摸人。
此情谁见，泪洗残妆无一半。愁病相仍，剔尽寒灯梦不成。

南宋还有一个著名的女词人严蕊，她的经历就更凄苦了。

严蕊出身低微，从小就成了官府的歌伎，但是她天资聪颖，勤奋好学，在诗词、书法、绘画等方面都有很高造诣，与当时的一些官员也有来往。浙东常平使、著名儒学家朱熹为了打击论敌，便诬陷严蕊与台州知府唐仲友有私情，把严蕊逮捕下狱，严加拷问。严蕊性格十分刚烈，在狱中她受尽了折磨，却坚决不肯承认与唐仲友有私情。

后来这个案子甚至惊动了皇帝，他派岳飞的儿子岳霖来审理此案。岳霖辨明了严蕊的冤屈，将她无罪释放。当严蕊离开

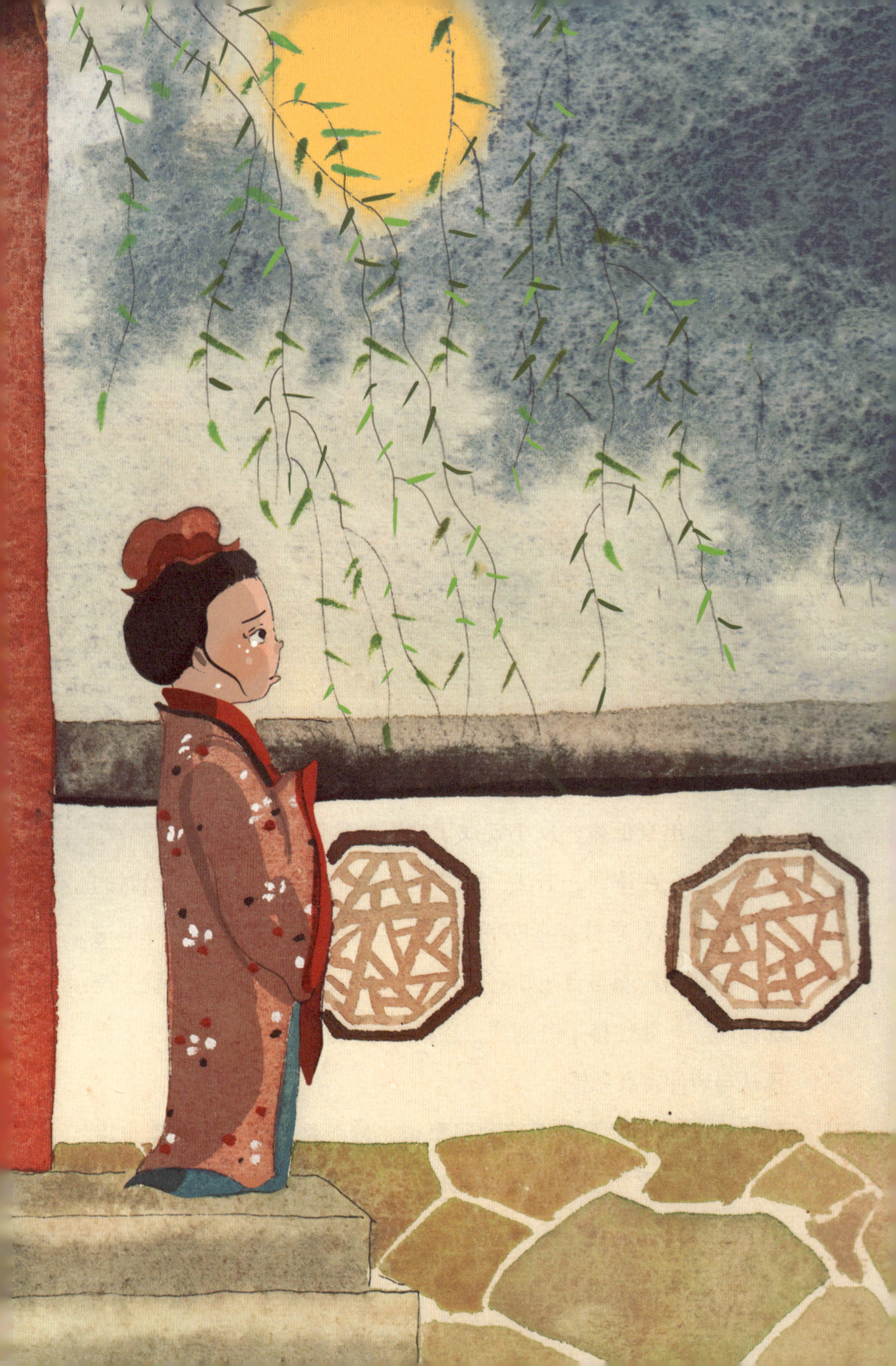

的时候，岳霖问她以后的去向，严蕊写下了一首非常有名的《卜算子》：

卜算子

不是爱风尘，似被前缘误。花落花开自有时，总赖东君主。
去也终须去，住也如何住！若得山花插满头，莫问奴归处。

由此可见，在古代，女子即使天资聪颖又勤奋学习，也是无法走上社会实现自我的。而当今时代男女平等，女孩能和男孩一起上学，一起工作，甚至在很多地方超过男孩。这可以说是我们这个时代的幸事了。

朱淑真和严蕊还有哪些代表作？

朱淑真和严蕊都是南宋著名的女词人，除了前面提到的作品，朱淑真的这首词也很有名：

蝶恋花·送春

楼外垂杨千万缕，欲系青春，少住春还去。犹自风前飘柳絮，随春且看归何处?

绿满山川闻杜宇,便做无情,莫也愁人苦。把酒送春春不语。黄昏却下潇潇雨。

严蕊的代表作则有这首《如梦令》:

如梦令

道是梨花不是,道是杏花不是。白白与红红,别是东风情味。曾记,曾记,人在武陵微醉。

谁的死是南宋的巨大耻辱？

靖康二年（1127），金兵攻破东京开封，宋徽宗和宋钦宗被俘虏，金人把他们连同宗室贵族、朝臣以及工匠上万人带往北方，北宋灭亡。因为这件事发生在靖康年间，所以也被称为"靖康之耻"。

靖康之耻爆发的时候，岳飞年方二十四岁，他第三次投军，加入刘浩军中。他和战友们出生入死，奋勇杀敌，建功无数，很快就成了令金人闻风丧胆的名将。岳飞自小受到母亲的严格教育，母亲在他背上刺下"尽忠报国"[①]四字为训。岳飞谨遵母亲教诲，驰骋疆场，为国尽忠。从他从戎那一天起，驱除敌寇就是他心中最高的梦想。面对金人的凶残和百姓的流离，他曾长叹"兵安在？膏锋锷（è）。民安在？填沟壑。叹江山如故，千村寥落"，

---

① 后演绎为"精忠报国"。

更期望能"请缨提锐旅,一鞭直渡清河洛"①。在他亲提锐旅渡过长江时,他曾效仿东晋名将祖逖(tì)②发誓:"飞不擒贼帅,复旧境,不涉此江!"

建炎四年(1130),岳飞率领岳家军在建康(今江苏南京)之战中杀敌三千,擒获敌人军官二十多人,成功收复了建康。绍兴四年(1134),岳飞率军讨伐伪齐政权,收复襄阳等六郡;绍兴十年(1140),岳飞在郾(yǎn)城(今属河南漯河)大败金军"拐子马""铁浮图"两大精锐,取得大捷;紧接着又在颍昌(今河南许昌)之战中大败金军,斩金军五千余人,俘虏两千余人,获战马三千余匹……

累累战果让岳飞和岳家军声名大振,金将曾无奈地哀号:"撼山易,撼岳家军难!"

可是,随着岳飞在南宋朝廷历练日久,他越来越明白,朝廷大臣,甚至宋高宗赵构本人并不是那么热衷于恢复故土,迎回二圣。南宋军旗上绘有双环,取名为"二胜环",寓"二圣还"之意。大臣杨存中用美玉雕成二胜环的图案挂在帽子后面献给高

---

① 引用诗句出自岳飞的词《满江红·登黄鹤楼有感》。
② 祖逖率队伍横渡长江时,在江心一边用船桨拍打船舷,一边发誓,如不能驱逐敌人,决不再过长江。

宗。宋高宗非常高兴，对身旁伶人说："这个叫二胜环。"伶人讽刺说："二圣还挂在脑后了。"宋高宗听了脸色大变。

宋高宗之所以脸色大变，是因为伶人说中了他的心事：恢复故土只是口头上说说而已，如果两个皇帝真的回来了，自己的位置应该摆在哪里？而且北宋灭亡之后，南宋财力、民力、军力都已凋残，朝廷实在没有勇气真的出师北伐，恢复故国。

一个深夜，屋外秋虫不住地鸣叫，岳飞无法入睡。他起床绕着台阶漫步。这些年，他越来越看清朝廷的本心，也越来越觉得北伐中原、恢复故土成为一个遥不可及的梦。可是，他该怎样对手下那些一腔热血、矢志报国的将士们说？又怎么能置北方那些日夜盼望王师北定中原的遗民们于不顾？有时候岳飞也想，干脆辞官不做，离开这个朝廷，离开这深不可测的政坛，但是母亲刺在背上的字又在提醒他：不能退隐，即便没有人能理解自己，也要在这条路上坚定地走下去。在这样的心境下，岳飞写下了这首词：

小重山

昨夜寒蛩不住鸣。惊回千里梦，已三更。起来独自绕阶行。人悄悄，帘外月胧明。

白首为功名。旧山松竹老，阻归程。欲将心事付瑶琴。知音少，弦断有谁听？

绍兴十年（公元1140），岳家军一路北伐，收复了多处失地，在朱仙镇（今属河南开封）取得大捷之后，终于包围汴京（今河南开封）。汴京便是北宋都城东京，金兵占领它后改称为汴京。岳家军离收复故都只有一步之遥，岳家军官兵都看到了胜利的曙光，戒酒已久的岳飞也不禁高兴地说："直抵黄龙府，与诸君痛饮尔！"

可是，宋高宗听信秦桧的谗言，一天之内下达十二道金牌命令岳飞撤军。当撤军的消息传出时，老百姓痛哭流涕，纷纷说："将军军队来时，我们戴香盆、运粮草等待将军，金兵们都知道。现在您走了，金兵回来，我们怎么还能活命！"岳飞也泣不成声，只好取出诏书给百姓们看："我不能擅自留下啊！"

圣命难违，岳飞只好望着近在咫尺的汴京，长叹："十年之功，毁于一旦！"在这样悲愤的心情下，岳飞写下流传千古的《满江红》：

满江红·写怀

怒发冲冠，凭栏处①、潇潇雨歇。抬望眼、仰天长啸，壮怀激烈。三十功名尘与土，八千里路云和月。莫等闲、白了少年头，空悲切。

靖康耻，犹未雪；臣子恨，何时灭？驾长车，踏破贺兰山缺。壮志饥餐胡虏肉，笑谈渴饮匈奴血。待从头、收拾旧山河，朝天阙。

后来，秦桧向金人请和。金人的条件是只有杀了岳飞才能达成和议。在宋高宗的默许下，绍兴十一年（1141），岳飞父子及部将张宪被捕下狱。南宋大将韩世忠痛恨秦桧专权，诘问秦桧"岳飞何罪之有"，秦桧竟说"莫须有"②。

当年十一月，宋金签订和议，南宋在战争大胜之后，正式向金称臣，每年向金进贡，并以淮水为界，将淮水以北的土地都划归金朝。这就是臭名昭著的"绍兴和议"。

和议签订后，当年除夕夜，岳飞父子和张宪被害。临死前，

---

① 也有版本作"凭阑处"。
② "莫须有"是"也许有"的意思。

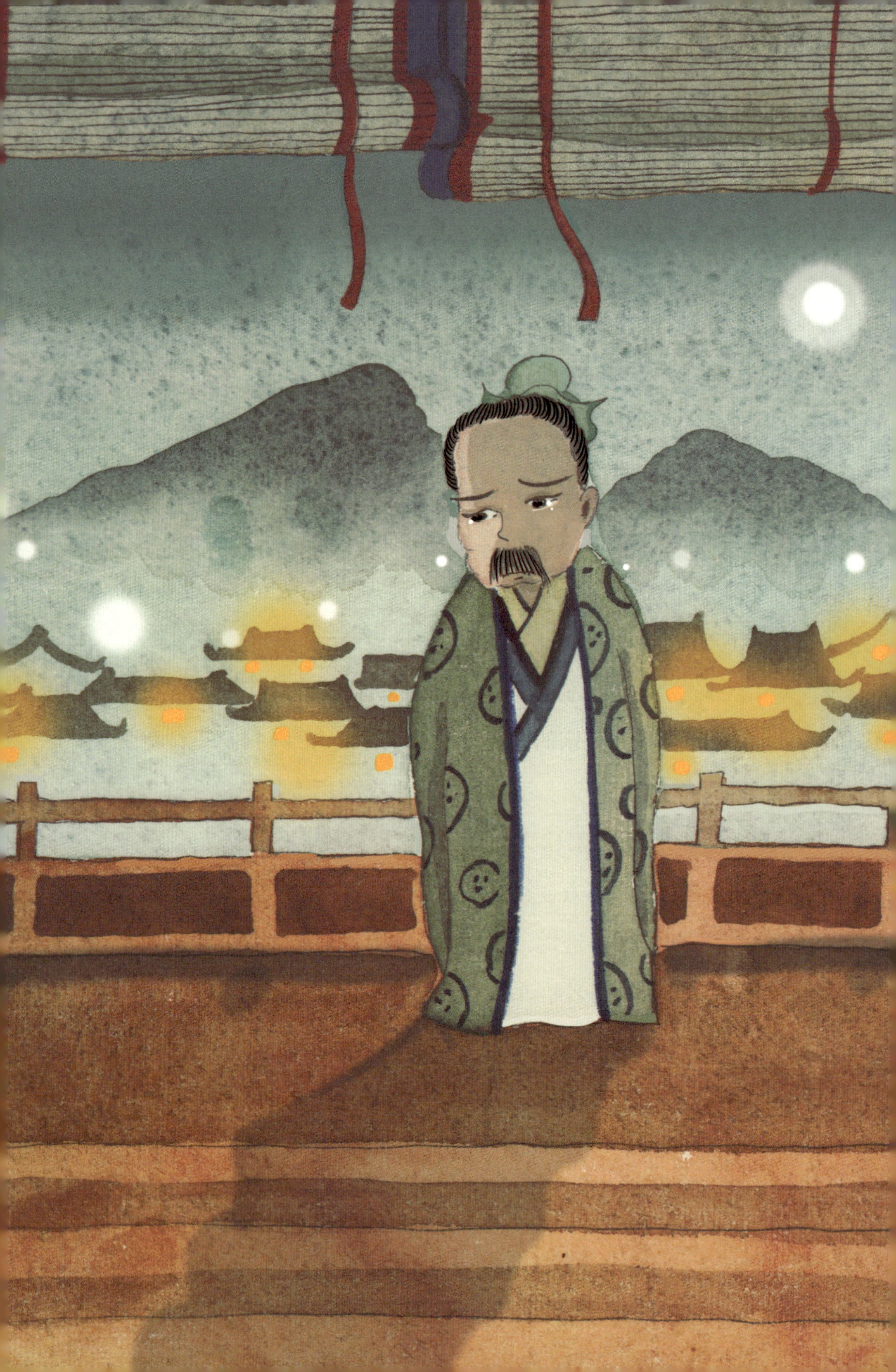

岳飞写下八个大字："天日昭昭，天日昭昭。"岳飞被害时，年仅三十九岁。

　　岳飞的死，对南宋朝廷来说，是巨大的耻辱。南宋朝廷无力夺回北方失去的大片国土，但是中华民族却不能没有精忠报国、矢志不渝的精神。岳飞以自己的生命献祭，让无数的国人从那个黑暗的年代以后，开始明白和了解了这种精神，岳飞这个名字从此成了一个象征，一个矢志报国、殉身不恤的象征。从那时开始至今的数百年里，每当外敌入侵、国难当头的时候，很多人都会不由自主地想起这个名字，想起这位文武全才的元帅写下的那首激励过无数爱国志士的《满江红》，很多人就是高唱着这首《满江红》，而踏上保家卫国、为国捐躯的征程。

"还我河山"是岳飞写的吗？

　　岳飞的故乡在今河南省汤阴县，在汤阴和杭州岳王庙的正殿都悬挂着一块大匾，上面写着"还我河山"。有人说这是岳飞手书的。这话对，也不对，为什么呢？

　　岳飞生前并没有说过这句话，也没有写过这句话。这句话是这样来的：1921年，学者童世亨先生编辑《中国形势一览图》，请书法家周承忠写这四个字。周写了之后童世亨不满意，于是周承忠就从岳飞留下的墨迹中挑选了这四个字，并用岳飞的落款交给了童世亨。这本书出版后大受欢迎，很多人以为这句话是岳飞手书的。

1931年，日军侵占东北，"九一八"事变爆发。"还我河山"引起了爱国民众的强大共鸣，传遍了中华大地，成为爱国精神的象征。即使岳飞并没有专门书写这四个字，但是"还我河山"所包含的爱国精神确实与岳飞精忠报国的精神是一脉相承的，因此说这四个字是岳飞写的，也不算全错。

陆游为何多次游沈园？

南宋著名爱国诗人陆游大约二十岁的时候与唐婉结为夫妻，婚后两个人感情很好。可是陆游的母亲却认为陆游沉迷于儿女情长，荒废了学业，耽误了他考科举，要让两人离婚。陆游极力反对，但是母命难违，最后只好与唐婉离婚。他们的婚姻只维持了两年。唐婉离婚后，改嫁给了一个叫赵士程的人，陆游也另娶了妻子。

几年之后，陆游偶然到绍兴的沈园游玩，正好碰上唐婉和赵士程。曾是夫妻的两人见面，感慨万端，却又无法说话。陆游独自在一旁喝酒，过了一会儿，唐婉派仆人给陆游送来酒菜。

陆游喝着前妻送来的酒，想起了曾经的美好时光，无法排遣内心的悲哀，于是在沈园的墙壁上写下了一首词，这就是著名的《钗头凤》：

钗头凤

红酥手，黄縢酒，满城春色宫墙柳。东风恶，欢情薄。一怀愁绪，几年离索。错，错，错！

春如旧，人空瘦，泪痕红浥（yì）鲛绡透。桃花落，闲池阁。山盟虽在，锦书难托。莫，莫，莫！

这首词从唐婉派人送来的酒写起，上阕写：想起以前两人在一起的时候，你也曾用美丽的双手捧着酒端给我。可是现在，春色满园，杨柳依依，景色美丽，但人已远离。春风多么可恶，吹薄了你我的欢情。这一分开，便是咫尺天涯，这是何等的错误！

下阕写：春天还是那样美丽，可是人却日渐消瘦。离别之后，每天以泪洗面，丝绢

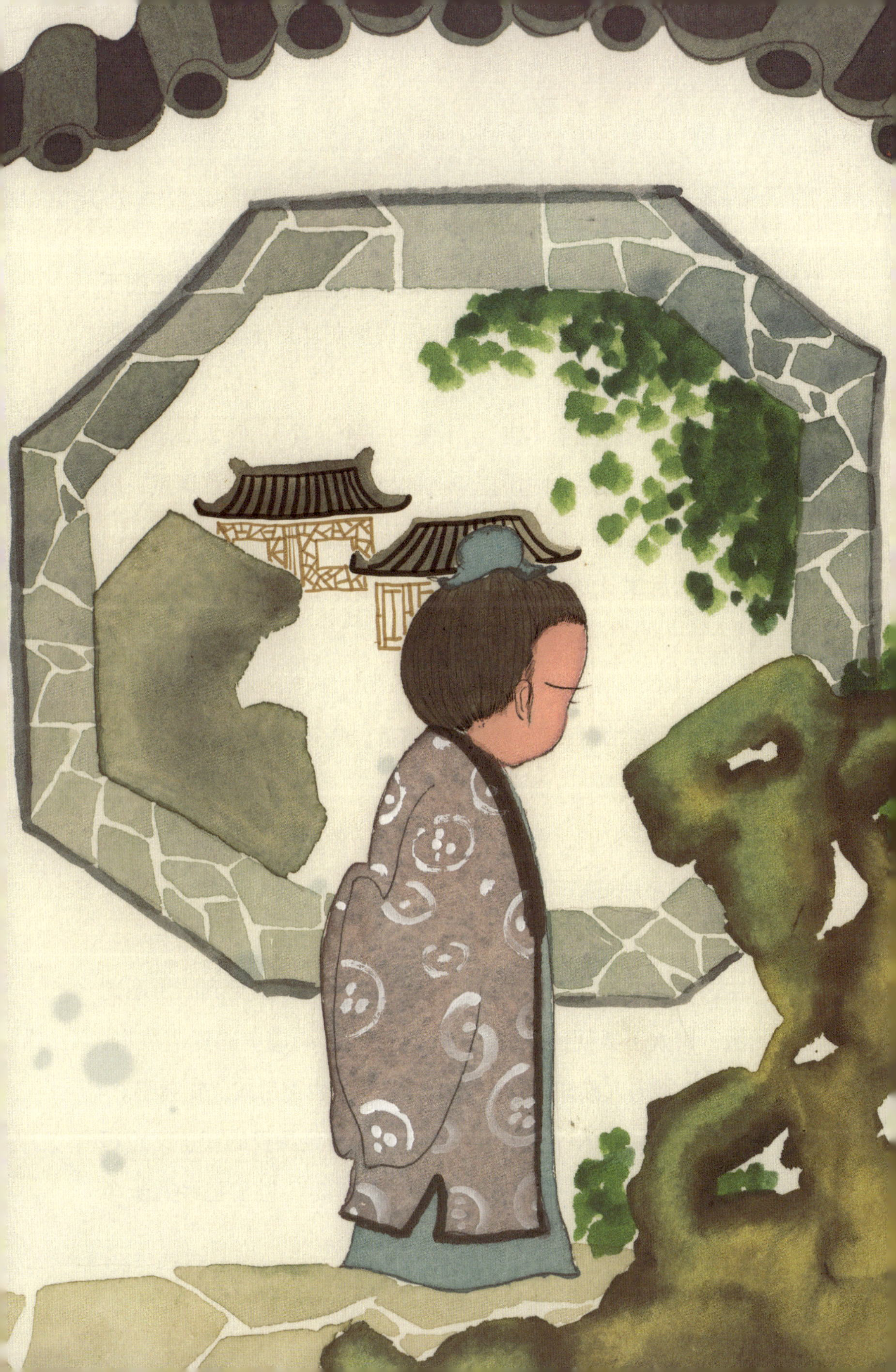

的手帕已经被泪水浸透。桃花片片凋落，曾经一起游览的池阁不再留下我们的脚印，我们的海誓山盟犹然在耳，而现在却连给你写封信都万无可能！

这首词上阕的三个"错"，下阕的三个"莫"，既是愤怒的控诉，也是悲伤的追悔。陆游把所有的感情都灌注在这首词里，后人每当吟咏起这首词，仿佛也能看见陆游悲伤而愤怒的脸。

这首词后来让唐婉看见了，她心碎欲绝，也和了一首《钗头凤》：

钗头凤

世情薄，人情恶，雨送黄昏花易落。晓风干，泪痕残。欲笺心事，独语斜阑。难，难，难！

人成各，今非昨，病魂常似秋千索。角声寒，夜阑珊。怕人寻问，咽泪装欢。瞒，瞒，瞒！

在这首词里唐婉说到自己已经身患重病，加上见到陆游题词的刺激，唐婉不久便郁郁而终了。陆游与唐婉凄美的爱情故事，因为沈园之会为人熟知，这两首《钗头凤》也被后人反复咏唱。

陆游在他漫长的一生中，经常会想起曾经深爱的妻子，想起和她在沈园见的最后一面。开禧元年（1205），陆游已经八十多岁了，这天，他又梦见了沈园，梦醒之后，他写道："路近城南已怕行，沈家园里更伤情。"

就在陆游去世前一年，他又来到了沈园，数十年的风雨并没有让这段刻骨铭心的感情有丝毫的淡漠，反而在诗人的生命里镌刻下了不可磨灭的印记，耄耋之年的老人回想起年轻时的这段恋情，写下了《春游》一诗。

春游

沈家园里花如锦，半是当年识放翁。

也信美人终作土，不堪幽梦太匆匆。

沈园现在还存在吗？

沈园位于今天浙江绍兴市越城区，它本是南宋时一位沈姓富商的私家花园，又名"沈氏园"。园内亭台楼阁，小桥流水，绿树成荫，一派江南好景色。现在沈园是国家5A级景区，是绍兴历代众多古典园林中唯一保存至今的宋式园林，1963年被确定为浙江省重点文物保护单位。

陆游为什么成为秦桧的眼中钉？

陆游最初参加科举没有考中进士，由于他是官宦之后，按照当时的法律规定，他还是被补为登仕郎。之后，他又参加了现任官员才能参加的锁厅试。这次考试，他正好和秦桧的孙子一起参考。为了让孙子以后能飞黄腾达，秦桧事先就嘱咐主考官把自己的孙子列为第一，谁知道主考官陈阜卿在批阅试卷的时候对陆游的文笔赞不绝口，竟然把陆游列为第一。秦桧知道后大怒，在第二年礼部考试的时候，就把陆游刷下，于是陆游又一次落榜了。

秦桧陷害陆游，不仅是因为陆游在考试中赢了自己的孙子，还因为陆游在试卷中慷慨激昂地高呼坚决抗金，收复故土，这恰恰戳中了秦桧等主和派的痛处。

可是，陆游低估了南宋朝廷的腐朽和懦弱，在金兵扬言将率兵南下攻打南宋时，迫于形势，宋高宗也曾力主抗敌，可是当金兵北撤，攻势暂时停止时，南宋朝廷就得过且过，又把杭州当作汴州了。大多数朝廷大臣都醉生梦死不思进取，陆游挺身而出的呼号让他们感到浑身不自在。陆游曾经在大将范成大的幕府中做参谋，由于他力主抗金，周围的很多同僚排挤他，说他"颓放"，意思是狂妄自大，不可一世。陆游知道后，不但没有妥协，反而给自己起了一个号叫"放翁"，表示了自己坚决不屈服的态度。

　　陆游为抗金奔走呼吁了一辈子，但是苟安江南的南宋朝廷却始终没有收复故土、洗雪前耻的行动。晚年的陆游想起自己年轻的时候一身戎装守卫边疆的经历，想起那时候渴望建功立业、报效国家的志向，可是现在戎装已经放在家里多年，蒙上了厚厚的一层灰尘，年少时的志向最终成了一个永远无法实现的梦。敌人没有消灭，自己鬓发已经斑白，只能徒然为北方的老百姓流泪。想到这里，陆游不由得长叹："谁能料想，我的心还在抗金前线，可是我的身体已经在这里渐渐老去了。"陆游将自己的心情写成词，便是这首《诉衷情》：

诉衷情

当年万里觅封侯，匹马戍梁州。关河梦断何处？尘暗旧貂裘。胡未灭，鬓先秋，泪空流。此生谁料，心在天山，身老沧州。

趣讲宋词

陆游这个老人在很多大臣的眼里，成为一个不识时务、举止怪异的怪老头：放着好好的日子不过，偏要一天到晚想着什么恢复中原、北伐抗金，这不是脑子有毛病是什么呢？陆游成了多数人眼中的另类，受到打击和排挤也是情理之中的事情了。可是陆游并没有后悔，他坚信，有些情怀和理想是根植于人的内心、永远不能改变的。

一天，在一个驿站外的断桥边，陆游看见了一棵寂寞的梅树，这棵无主的梅树得不到人们的浇灌和悉心照料，只是凭着自己的坚持和倔强生长在这贫瘠的土地上。黄昏来临，风雨交加，它也毫不畏惧，独自对抗着这大自然的考验。它已经熬过了冰天雪地的折磨，迎来了东风和煦的春天。花儿一时间挤挤插插，到处开放，可是梅花没有想与其他的花一起争夺春天的宠爱，只是默默地生长着。最后梅花凋落在驿路上，被车轮碾作尘土，但是它的清香却不会消散。

陆游将对梅花的咏叹写成了词，也借梅花来表达自己坚守初心，坚韧不屈的志向：

卜算子·咏梅

驿外断桥边，寂寞开无主。已是黄昏独自愁，更着风和雨。

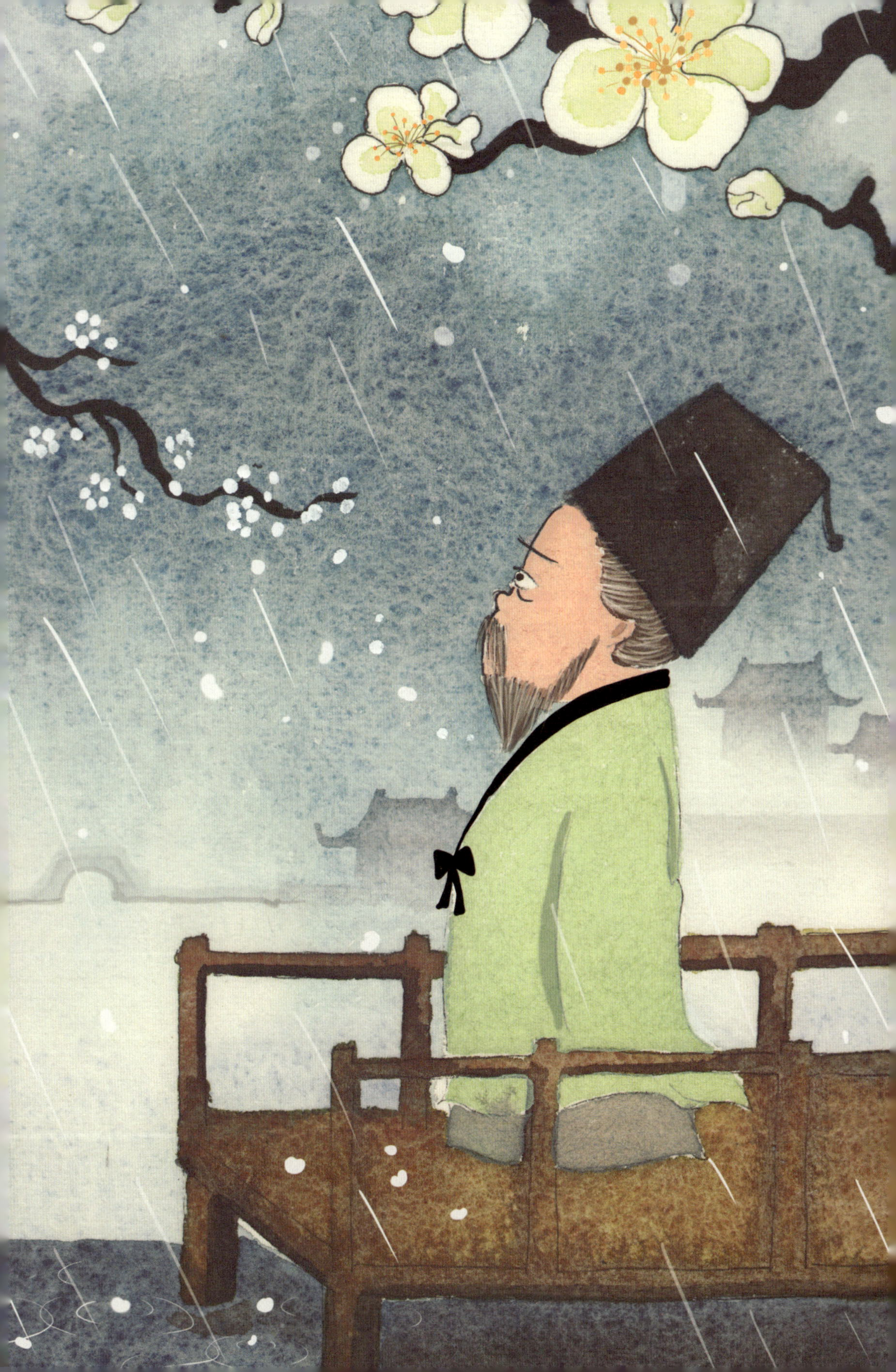

无意苦争春，一任群芳妒。零落成泥碾作尘，只有香如故。

陆游活了八十五岁，最终也没能看到朝廷出师北伐、恢复中原的那一天。临死的时候，他留下一首《示儿》，这是这位伟大的爱国诗人最后的绝笔。

示儿

死去元知万事空，但悲不见九州同。
王师北定中原日，家祭无忘告乃翁。

你还知道陆游的其他作品吗？

陆游是我国著名的爱国诗人，一生留下一万多首诗词作品，其中很多是爱国诗篇。例如：

遗民泪尽胡尘里，南望王师又一年！
——《秋夜将晓出篱门迎凉有感》
朱门沉沉按歌舞，厩马肥死弓断弦。
——《关山月》

公卿有党排宗泽，帷幄无人用岳飞。

——《夜读有感》

夜阑卧听风吹雨，铁马冰河入梦来。

——《十一月四日风雨大作》

我亦思报国，梦绕古战场。

——《鹅湖夜坐书怀》

三更抚枕忽大叫，梦中夺得松亭关。

——《楼上醉书》

呜呼！楚虽三户能亡秦，岂有堂堂中国空无人？

——《金错刀行》

中国诗词中国节

关于冬至的诗词

每年太阳直射南回归线的那天，北半球白天最短，黑夜最长，这一天被称为冬至。冬至在今天主要是个节气，但是在古代却是一个非常重要的节日，因为古人认为这一天之后，白天渐渐变长，夜晚渐渐变短，阳气回升，是一个节气循环的开始，应当作为节日来庆贺。直到今天，我国的很多地方还有庆祝冬至的习俗：在北方有吃饺子、吃羊肉、吃馄饨等习俗，在南方则有吃冬至米团、冬至长线面等习俗，很多地方在冬至这一天还有祭天祭祖的习俗，民间甚至有"冬至大于年"的说法，可见对冬至的重视。

早在三千多年以前，我国就测出了冬至日的准确时间，制订出了周历。周朝至秦朝，以冬至所在的月份为岁首，以冬至为"过年"。直到汉武帝采用夏历，才把冬至和正月分开，从那时起，冬至才不再作为新年，而是一个专门的节日。

冬至在中国如此重要，古往今来，当然也有不少诗人留下了关于冬至的诗词。唐代大诗人白居易有一年冬至的时候正在邯郸的驿站里，便写下了：

邯郸冬至夜思家

邯郸驿里逢冬至，抱膝灯前影伴身。
想得家中夜深坐，还应说着远行人。

夜晚天寒地冻，诗人一个人坐在灯前，寒意更增添了心中的孤独感。他不由得想到，此时此刻，家人大概正围着温暖的火炉坐在一起，他们聊天的内容，大多应该与我这个在外奔波劳苦疲倦的远行人有关吧。

唐代的另一位大诗人杜甫，因为安史之乱而逃难到蜀地（今四川），后来又到夔（kuí）州（今重庆奉节），可是他无时无刻不在想着有朝一日能够回到家乡。时间一年一年过去，诗人一年一年衰老，回家的梦想一年更比一年显得渺茫。杜甫在冬至这一天，拄着拐杖来到山顶眺望，只见大雪覆盖了山川，白茫茫一片。他想起以前在长安为官的时候，在紫宸殿，官员们散朝了，佩玉相击，叮当作响。可是现在自己客居他乡，不知道什么时候才能重回故都，重回家乡啊！

冬至

年年至日长为客，忽忽穷愁泥杀人。

江上形容吾独老，天涯风俗自相亲[1]。

杖藜雪后临丹壑，鸣玉朝来散紫宸。

心折此时无一寸，路迷何处见三秦？

---

[1] 也有版本作"天边风俗自相亲"。

南宋的范成大也作过一首冬至的词,描写了当时人们庆祝冬至的情形。

满江红·冬至

寒谷春生,熏叶气、玉筒吹谷。新阳后、便占新岁,吉云清穆。休把心情关药裹,但逢节序添诗轴。笑强颜、风物岂非痴,终非俗。

清昼永,佳眠熟。门外事,何时足。且团栾同社,笑歌相属。著意调停云露酿,从头检举梅花曲。纵不能、将醉作生涯,休拘束。

你的家乡在冬至有什么习俗呢?

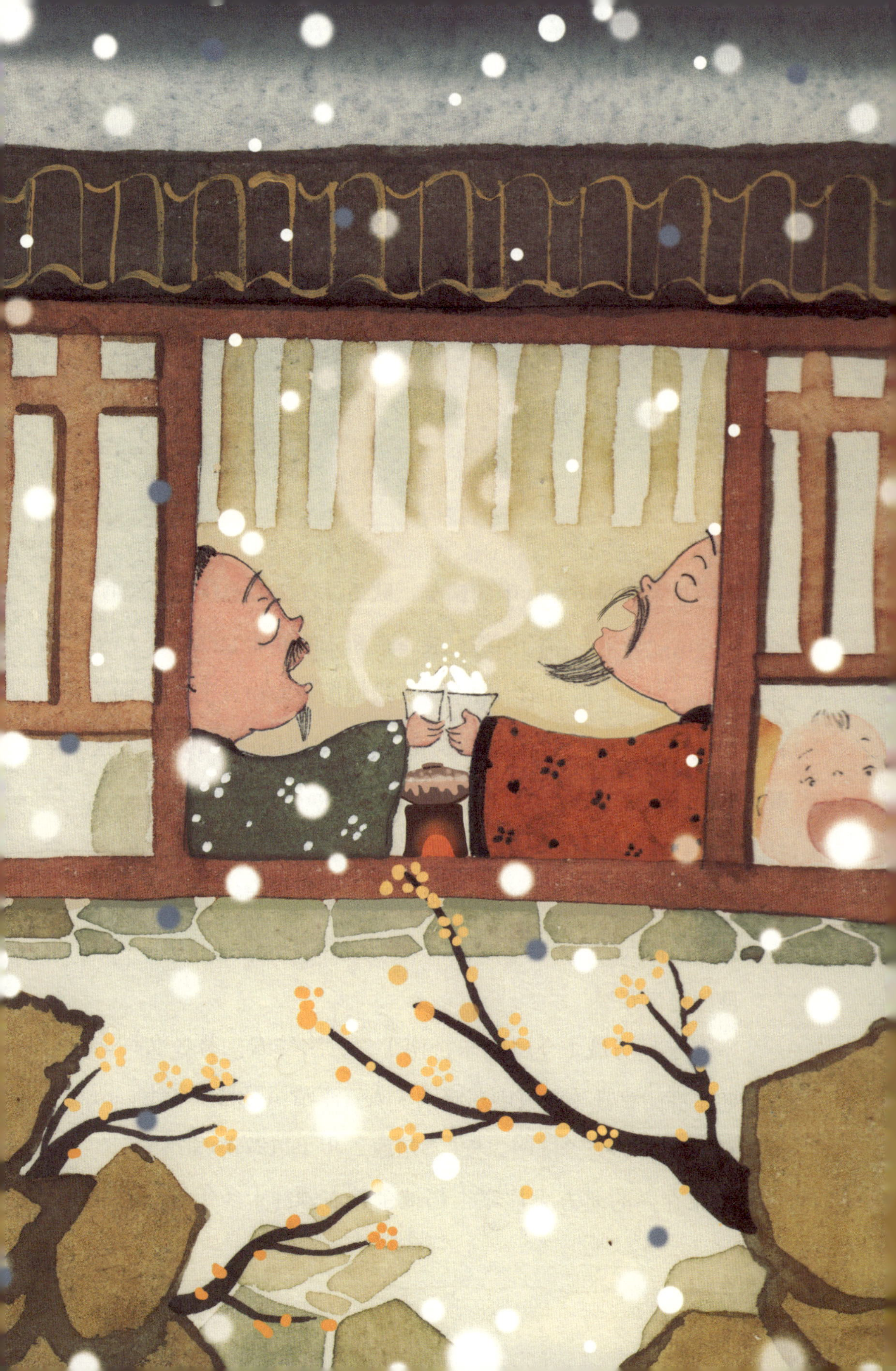

古代最惊人的一次特种部队突袭行动是哪次？

特种部队是现代军队中的精英，队员往往是万里挑一的绝顶高手，经历过异常严格的训练，装备最新式的武器。他们深入敌后，以一当百，于百万军中取上将首级如探囊取物。不管是美国的海豹突击队，还是英国的特别空勤团，他们都有无数传奇故事，特种部队也一直笼罩着一个神秘的光环。可是你知道吗，在我国南宋，就曾经有过一次惊人的特种部队突袭行动，其传奇色彩不亚于现代的任何一次特种部队突袭。这次突袭行动的指挥者竟然是一个词人。

他就是辛弃疾。

辛弃疾是历城（今属山东济南）人，字幼安，著名女词人李清照是齐州章丘（今属山东济南）人，李清照号易安居士，所以他们二人被称为"济南二安"。靖康二年（1127），北宋灭亡，包括山东在内的北方大片领土都被金兵占领。十多年后，绍兴十年（1140），辛弃疾出生，但是他从不认为自己是金朝的子民，一心想反抗金人的奴役，回归大宋朝廷。因此他组织了一支两千多人的队伍参加抗金斗争。当时山东有很多支抗击金兵的义军，其中最大的一支兵力有两万余人，由耿京领导，辛弃疾便带着自己的部队前去投奔耿京。耿京对辛弃疾十分看重，任命他为天平军掌书记。

当时一个叫义端的和尚也起兵反金，有千余人马。辛弃疾前往义端军中，劝说他也归附了耿京。可是不久，义端竟然窃取了耿京的大印逃跑了。耿京大怒，要杀辛弃疾，辛弃疾说："给我三天时间，抓不住义端，我再死也不晚。"耿京答应了。辛弃疾料想义端肯定是带着大印逃往金营邀功，于是快马拦截，果然捉住了义端。义端求饶说："我知道你的真相，你是天上的青牛下凡，力能杀人，希望你别杀我。"这些话当然不能打动辛弃疾，辛弃疾斩下义端的首级，夺回了大印回去给耿京复命，耿京更加佩服辛弃疾了。

这次行动算是辛弃疾第一次崭露头角。他不仅是个武艺高强的将军，更是一个有战略眼光的统帅。他认为，虽然义军已经逐渐壮大，但是在敌后孤军作战始终不是长久之计，因此他多次劝说耿京带兵回到南宋。耿京同意了辛弃疾的意见。于是辛弃疾南渡长江，归附南宋。宋高宗在建康接见了辛弃疾，对他们归附南宋的行动十分赞赏，并授辛弃疾为承务郎、天平军掌书记，授耿京为天平军节度使，还让辛弃疾把节度使印带回去召耿京归宋。可是，当辛弃疾回到义军营地的时候，却发生了一件始料未及的事情。

原来，趁辛弃疾不在，义军的两个叛徒张安国和邵进竟然杀害了耿京，投降了金兵。耿京惨死，辛弃疾又不在，一时间义军群龙无首，眼看就要土崩瓦解。

是各回各家，还是拿起武器奋力一搏？辛弃疾短暂思考后做出了决定。他召集众人说："我们是因为主帅耿京才归附大宋的，现在主帅被杀，我们回去也不好复命，我们该怎么办？"大家议论纷纷，莫衷一是。而辛弃疾早已有了主意，他从剩下的人当中，精心挑选了五十个人，他们个个士气高昂、武艺高强，而且急切地想为耿京复仇。辛弃疾组织一支特种部队，他们的任务就是抓住叛徒，为主帅报仇。

可是叛徒在哪里呢？

此时，叛徒张安国正在金兵的大营里与金将饮酒作乐。谁也没想到，辛弃疾竟然带着五十个人冲进了金兵五万人的大营。金兵毫无防备，辛弃疾的队伍一路冲杀，竟然杀到了金兵主帅帐前，此时叛徒正喝得飘飘欲仙，辛弃疾纵马踏上宴席，一把抓起叛徒扔在马背上，随即风一般疾驰而去，直到他们冲出大营，金兵都还没明白发生了什么事情。

抓住了叛徒，辛弃疾又召集旧部，队伍又有了一万多人。他们把叛徒张安国斩首，以告慰耿京的在天之灵，随即辛弃疾就带着这一万多人的部队南渡长江，回到了南宋王朝。

辛弃疾的事迹震惊了朝野，更对激发南宋军民的斗志起到了很大作用，连宋高宗赵构都多次为之感叹。从现在的观点看，辛弃疾一支五十人的小队伍居然冲进金兵五万人的大营，人挡杀人，在敌人主帅的宴席上生俘叛徒然后全身而退，这个战例比起现代任何一支特种部队的经典战例都毫不逊色，所以，这次行动完全可以称为古代最惊人的一次特种部队突袭行动。

你知道辛弃疾的飞虎军吗？

辛弃疾不仅是个词人，还是个军事家，除了前面讲的"特种兵行动"，他训练飞虎军的事也颇有传奇色彩。

辛弃疾到南宋后，发现当时宋军训练荒废，战斗力低下，于是上表朝廷想训练一支精锐部队——飞虎军。

不久朝廷回复，委任辛弃疾亲办此事。得到准许之后，辛弃疾马上命令部下修建营房，购买马匹，招纳士兵。南宋官僚机构的低效率在辛弃疾雷厉风行的作风面前被击得粉碎，一些官员找借口拖延怠工，但是辛弃疾加快行动速度，更加努力地推进。官僚们见怠工的方法不能奏效，就给皇帝打小报告，说辛弃疾以建飞虎军为名头，实际聚敛无度。皇帝降下金牌，命令辛弃疾马上停止。辛弃疾接到金牌之后，将金牌藏起来，下令一个月之内必须把营房建成，违者军法处置。谁知施工机构说，因为造瓦不易，无法按期完成，宁愿接受惩处。辛弃疾问："需要多少瓦？"对方回答："二十万。"辛弃疾说："不用担心。"然后他命令手下在官舍、神祠以及民房上，每户取两块瓦。两天之内，需要的瓦就全部备足，众人都叹服。

在辛弃疾的努力下，飞虎军终于建立。之后，飞虎军雄镇一方，是长江沿岸各支军队之冠。

南渡后的辛弃疾为什么长期被排挤闲置?

回到南宋朝廷的辛弃疾,没有一天不想北伐中原,收复故土,但是当时的南宋朝廷满足于偏安江南,根本无意收复故土,而且南宋朝廷对北方投奔过来的抗金队伍一直心怀戒备,不愿予他们以重任,所以辛弃疾到南宋之后,处处受到排挤和压制,甚至多次受到诬告和陷害。他训练军队需要经费,有人说他贪污公款;他严明军纪,有人告发他杀人如草芥。他也曾因为被弹劾而闲居乡里,壮志难酬。

面对朝廷的懦弱无能,辛弃疾只能独自登上高楼,抚摸自己的宝剑,长叹无人理解自己的忠心。①

辛弃疾经常做梦,梦里,他回到了抗金的前线,回到了杀声

---

① 辛弃疾在词作《水龙吟·登建康赏心亭》中写道:"把吴钩看了,栏杆拍遍,无人会,登临意。"

震天的战场，回到他杀义端、俘张安国的那段时光。可是，梦醒之后，他回到现实，还是要面对死一般的沉寂和孤独。

这天晚上，辛弃疾喝醉了。醉眼蒙眬中，他抽出了寒光闪闪的宝剑，恍惚间，好像回到了号角四起的沙场：他穿着铠甲，作为主帅鼓励将士们英勇奋战，他椎（chuí）牛飨（xiǎng）士，激励士气。军营里乐声震天，将士们迈着整齐的步伐从他面前经过——很快，他们就要踏上杀敌报国的前线。

辛弃疾仿佛看见自己骑着的卢[①]那样的名马，战场上弓弦发出的声音像霹雳一样，他率军打败敌军，收复了故土，大宋终于恢复以前的和平与安宁，百姓纷纷称颂他的功绩，他的大名将永垂青史，为千秋万代颂扬……

乐声、马嘶声、喊杀声、弓弦声戛然而止，雄壮的军队、惨烈的战场、皇帝的大笑突然消失，辛弃疾突然发现，这一切不过是自己醉后的想象，他的杯里是没有喝完的残酒，手里还拿着自己的宝剑。宝剑闪着寒光，映照出他的脸，辛弃疾发现，自己的鬓角已经斑白，曾经那个叱咤风云的少年，已经衰老了。

[①] "的卢"是三国时的良马，刘备在荆州遇险，的卢马助他脱险。

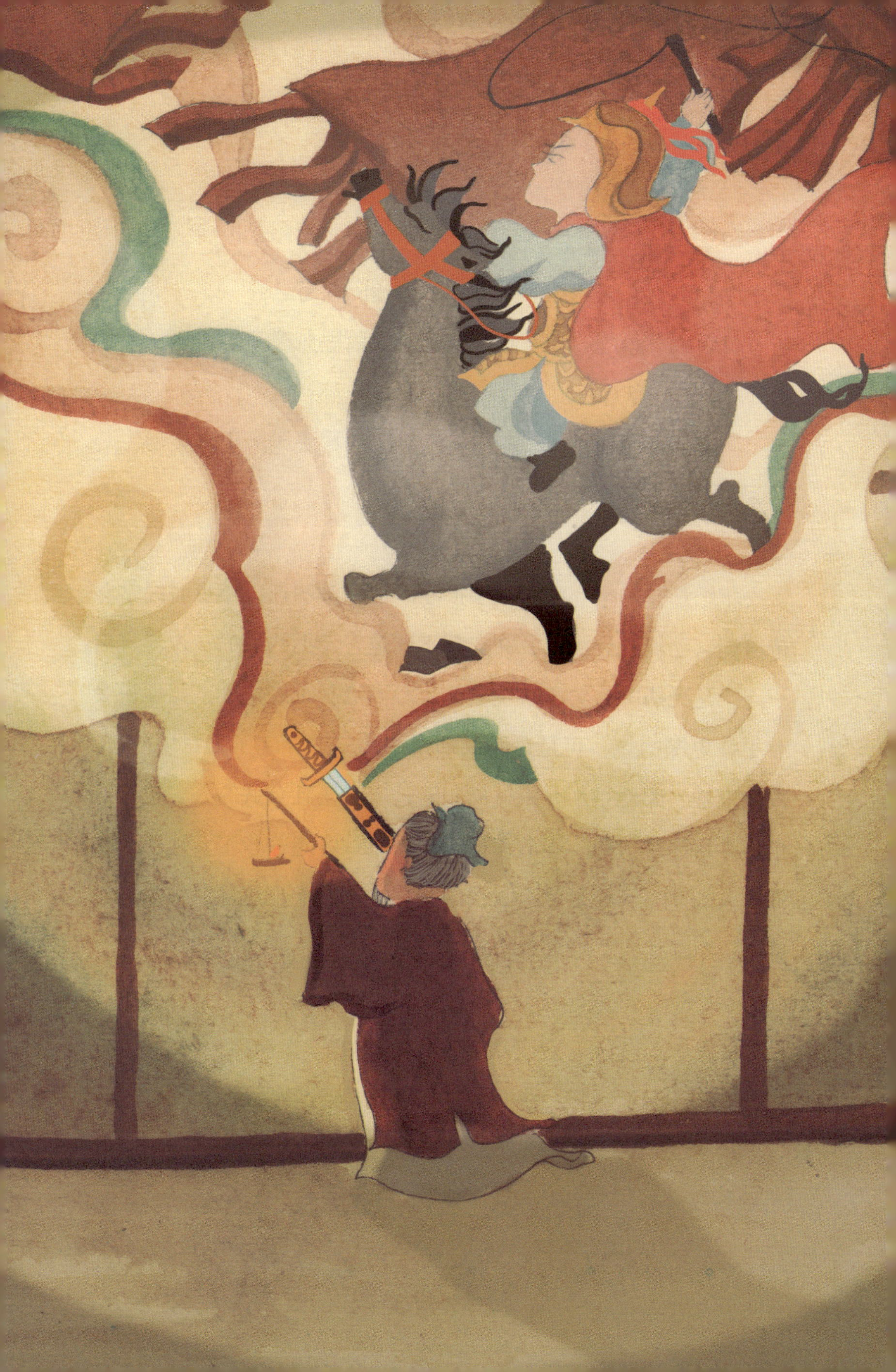

破阵子·为陈同甫赋壮词以寄之

醉里挑灯看剑，梦回吹角连营。八百里分麾下炙，五十弦翻塞外声，沙场秋点兵。

马作的卢飞快，弓如霹雳弦惊。了却君王天下事，赢得生前身后名。可怜白发生！

年纪渐长的辛弃疾领悟了很多。他渐渐明白，年少时经常写诗写词，动辄春愁满纸，其实那不过是青春期的通病，说得直白一点，是无病呻吟罢了。现在他容颜渐老，饱经沧桑，照理说会有更多更深的愁，可是这时候却说不出"愁"字了。官场险恶，人世艰难，即便是辛弃疾这样胆略过人、豪壮英武的人，也被这世道弄得谨小慎微，不敢多说一句，不敢多走一步了。这不仅是他个人的悲哀，还是整个时代的悲哀。辛弃疾把这种悲哀写进了这首很短却让人备感沉痛的词中：

丑奴儿·书博山道中壁

少年不识愁滋味，爱上层楼。爱上层楼，为赋新词强说愁。

而今识尽愁滋味，欲说还休。欲说还休，却道"天凉好个秋"！

辛弃疾写词有什么"坏"习惯?

辛弃疾写词很喜欢引用典故,有时候一首词会接连引用好几个典故。诗词适当用典可以加强作品的文学性,也能达到用很少的字数传达很多信息的效果,但是如果用典过多,就必然引起阅读困难,而且会让人觉得作者是在炫耀才学,因此过度引经据典也被人讥讽为"掉书袋",而辛弃疾则是喜欢掉书袋的人中最有名的一个。不过由于他的名气很大,官位又比较高,所以当时的人们对他还是比较客气的。辛弃疾的一个朋友刘过学习辛弃疾的风格,在一首词里使用了很多典故,让已经去世的白居易、林逋(bū)、苏东坡等在一起饮酒,结果被岳飞的孙子岳珂讽刺为"白日见鬼",让刘过很下不来台。

主战派辛弃疾对开禧北伐持怎样的态度？

辛弃疾出生的时候，他的家乡历城就已经被金兵占领十多年了。他曾经在首领耿京的率领下进行抗金斗争，耿京被杀害之后，他更是率领敢死队冲进金军大营，活捉了叛徒。后来他带领一万多人回到南宋，希望能够在朝廷的支持下继续进行抗金斗争。可是当时的南宋朝廷满足于偏安江南一隅，根本不思进取。辛弃疾向朝廷上了《九议》《应问》等奏章，还写了《美芹十论》，分析南北形势、军事对比、人才情况，坚信金国必亡，但是，他的主张不但没有得到支持，反而使他长期受到打压和排挤，被迫闲居乡里，空度岁月。

宋宁宗嘉泰三年（1203），已经六十三岁的辛弃疾的命运似乎有了转机。此时，宋宁宗不满金国的骄横跋扈，决定北伐，他重用了主战派韩侂（tuō）胄（zhòu）为宰相，韩侂胄则提拔了因为主战而被排挤的辛弃疾、陆游等人。辛弃疾被任命为浙东安抚

使，第二年又受命担任镇江知府。

辛弃疾等了一辈子，终于等到了朝廷决定北伐的机会。这个机会对他来说，实在太重要了。可是，他似乎并没有像想象中的那样欣喜万分甚至欢呼雀跃，而是对这次北伐怀有深深的忧虑，这是为什么呢？

开禧元年（1205），担任镇江知府期间，辛弃疾登上了当地的名胜京口北固亭，怀古伤今，还写下了一首词：

永遇乐·京口北固亭怀古

千古江山，英雄无觅，孙仲谋处。舞榭歌台，风流总被，雨打风吹去。斜阳草树，寻常巷陌，人道寄奴曾住。想当年，金戈铁马，气吞万里如虎。

元嘉草草，封狼居胥，赢得仓皇北顾。四十三年，望中犹记，烽火扬州路。可堪回首，佛（bì）狸祠下，一片神鸦社鼓。凭谁问：廉颇老矣，尚能饭否？

京口原来是三国时孙权大帝设置的军事重镇，遥想当年，雄才大略的孙权据守江东，让曹操都畏惧三分，发出"生子当如孙仲谋"的感叹，而现在已经难以找到孙权那样的英雄了。这里还

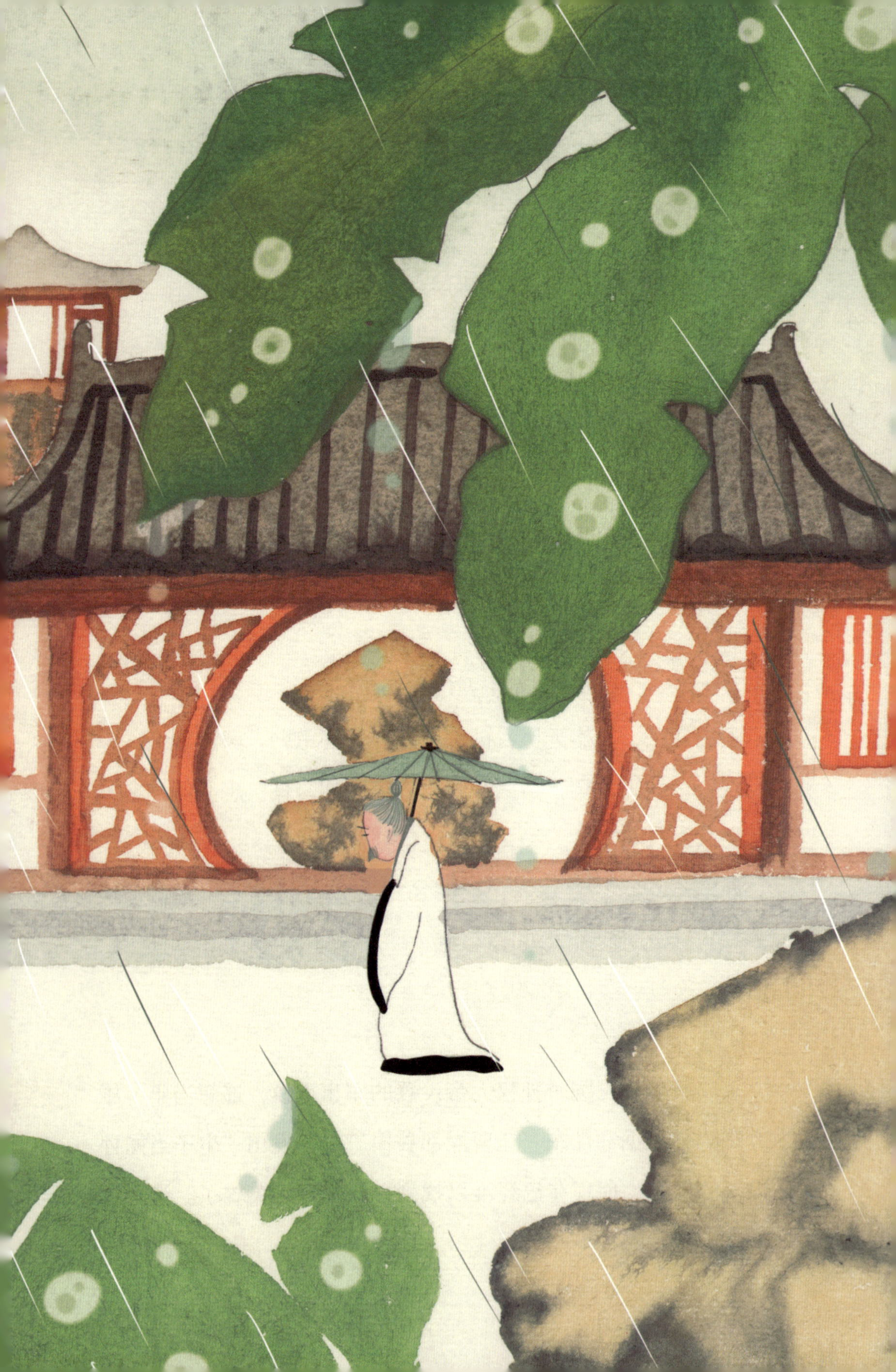

是南朝宋武帝刘裕的家乡，刘裕小名叫寄奴。辛弃疾想，现在京口的某条不起眼的小巷子，也许就是刘裕住过的地方。想当年，刘裕灭东晋，建立刘宋，与北方政权争锋，金戈铁马、驰骋疆场，那是何等英武，何等豪壮！

但是辛弃疾并不只是个四肢发达、头脑简单的武夫，他武能上阵杀敌，文能写诗作文，还是一个深谋远虑的军事家。他清楚地知道，打仗不是只靠一腔热血打打杀杀就能成功，必须要经过长时间的认真准备，一切条件成熟之后，才能够有获胜的把握。刘裕是一代英雄，但他的儿子宋文帝刘义隆就是个笑话了。刘义隆羡慕父亲的丰功伟绩，想要赶上甚至超越父亲，建立西汉霍去病那样大败匈奴、在狼居胥山封山而还的伟绩。好大喜功的刘义隆仓促北伐，结果被北魏太武帝拓跋焘（tāo）打得大败，一直被追到瓜埠山下，落得个仓皇回望追兵的狼狈结局。辛弃疾想到，自己从南渡到现在，已经四十三年了，扬州一带的战火基本就没有停息过，这说明在与金国的战争中，南宋长期是处于守势的。现在没有充分准备就贸然进兵，很可能会落得跟刘义隆一样的下场。而且，打仗依靠的是民心所向，北方已经被金国占领了八十年，很多地方的民众已经不再对回归南宋抱有希望了。当年拓跋焘在追击刘义隆的时候，在瓜埠山上建立了一座行宫，拓跋焘小名佛狸，因此这座行宫被人们叫作佛狸祠。这个由外族建立的地方本来是民族屈辱的象征，可是百姓们反而在那里举办庙会，擂鼓祭神，引得无数乌鸦飞来吃祭品。百姓已经习惯和平，不想陷入战争，这让辛弃疾对这次北伐更加忧心忡忡。可是，辛弃疾已经六十五岁了，他很清楚上天留给自己的时间不多了。他等待了一辈子，终于等到朝廷北伐，他多么希望能够在生命最后的日子里建功立业，但是他以一个军事家的眼光又清楚地看到这次北伐必败无疑。而这次北伐之后，难道自己还能等到下一次吗？恐怕即便能等到，自己也已经老朽不堪，那时候，根本不会有人像问廉颇是否还能吃饭一样，来问自己是否能重回战场了。

这首词完成两年后，开禧三年（1207），辛弃疾在忧愤中去世，临终的时候，他还大呼"杀贼"。第二年，开禧北伐惨败。七十年后，南宋灭亡。

开禧北伐是怎么回事？

开禧北伐是宋宁宗时期权臣韩侂胄主持的北伐金国的战争。这次北伐由于韩侂胄好大喜功，缺乏充分准备而落得惨败的结局。宋朝向金国求和，金国除了要求割地赔款之外，还要求杀掉北伐的主持者韩侂胄。这个要求被宋朝拒绝，但是大臣史弥远等后来暗杀了韩侂胄，并把他的首级送给了金国。嘉定元年（1208），双方签订了"嘉定和议"，这是南宋历史上又一个屈辱的和议。

中国诗词中国节

关于腊八节的诗词

农历的最后一个月是十二月,这个月也叫腊月,为什么会有这个名字呢?这跟古代在年底祭祀祖先神灵的习俗有关。"腊"字意思就是用肉来祭祀,古代在年底的祭祀是最盛大隆重的,所以这个月也就叫腊月了。先秦时,人们将举行冬祭的这一天叫作腊日,不过那时的腊日并没有固定在某一天。直到南北朝时,人们将腊月初八定为腊日,于是便有了我们今天知道的传统节日——腊八节。

我们大家熟知的腊八节的一个习俗是喝腊八粥,这又是怎么来的呢?

喝腊八粥这个习俗和佛教有关。传说二千五百多年前,释迦族的王子乔达摩·悉达多看到众生苦难,于是弃位出家,苦修六年,收获甚少。因为长期的苦修,他的身体极度衰弱,形同枯木。尼连禅河边两个牧牛女被他的执着感动,送来乳糜供养。乔达摩·悉达多接受了供养,恢复了体力,又在菩提树下跌(fū)坐四十九天,到最后一天腊月初八的时候豁然大悟,证得大道,成为佛陀。他被人们称为释迦牟尼,意思是"释迦族的觉者"。因此,腊月初八也是佛教的一个重要节日。

宋朝时,很多寺院效仿牧女送乳糜,煮五味粥布施给百姓,当时被称为"腊八粥"。皇家也会煮粥赏赐百官,这种喝腊八粥的习俗一直延续下来。陆游就曾在诗里描写了煮腊八粥的习俗:

十二月八日步至西村

腊月风和意已春,时因散策过吾邻。

草烟漠漠柴门里,牛迹重重野水滨。

多病所须唯药物,差科未动是闲人。

今朝佛粥更相馈①,更觉江村节物新。

到了清朝,朝廷也用锅煮腊八粥并请来僧人诵经,然后将粥分给各王公大臣,品尝食用以度节日。清代诗人夏仁虎就在诗中描写了腊八节煮粥分赐臣下的盛况:

腊八

腊八家家煮粥多,大臣特派到雍和。

圣慈亦是当今佛,进奉熬成第二锅。

不过对于老百姓来说,腊八节更重要的意义在于它是一年中除夕前的最后一个重要节日,所以民间谚语说:"过了腊八就是年。"腊八节到来,意味着辛苦了一年的人们终于可以松口气,热热闹闹准备年饭,迎接新年的到来了。

---

① 也有版本作"今朝佛粥交相馈"。

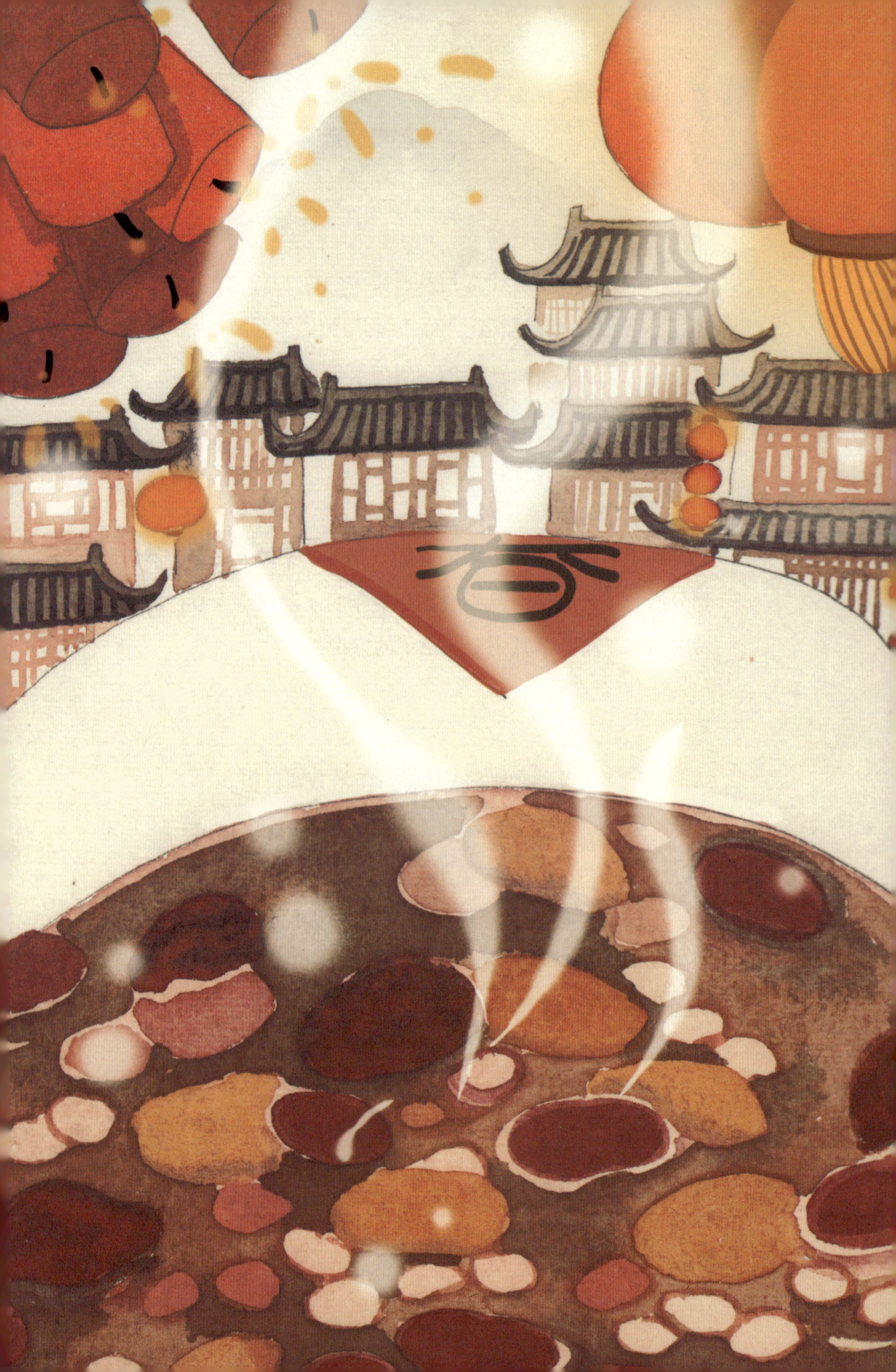
春

附录 古诗词补充推荐阅读选篇

浣溪沙
【宋】苏轼

选篇 ①

游蕲（qí）水①清泉寺，寺临兰溪，溪水西流。

山下兰芽短浸溪，松间沙路净无泥。萧萧暮雨子规②啼。

谁道人生无再少？门前流水尚能西！休将白发唱黄鸡③。

注释

① 蕲水：今湖北浠水一带。

② 子规：指杜鹃鸟。

③ 唱黄鸡：出自白居易的诗句"黄鸡催晓丑时鸣"，用在这里比喻时间流逝。

译文

在蕲水的清泉寺游玩，寺庙临着兰溪，溪水向西流淌。

山脚下初生的兰芽浸在溪水中，松林间的沙路被雨水冲刷得干干净净。傍晚时分，雨声萧萧，子规啼鸣。

谁说人生不能再回到少年时代？门前的流水还能向西边流淌，不要因为老去而悲叹啊。

卜算子·黄州定慧院寓居作
【宋】苏轼

选篇 ②

缺月挂疏桐，漏断①人初静。谁见幽人②独往来，缥缈孤鸿影。

147

惊起却回头，有恨无人省。拣尽寒枝不肯栖，寂寞沙洲③冷。

注释　①漏断：指的是深夜的时候。漏，指古代用来计时的器具漏壶，因为壶里的水越来越少，到深夜几乎漏完了，所以叫漏断。
②幽人：指的是幽居之人。
③沙洲：指江河里因为泥沙淤积而形成的小块陆地。

译文　残缺的月亮悬挂在疏落的梧桐树上，夜深人静，漏壶里的水已经滴完了。有谁见到幽居之人独自来来往往，仿佛天边的孤雁，留下缥缈的身影？
突然受惊而回过头来，心里有遗憾却无人知晓。挑遍了寒枝也不肯栖息，甘愿独自停栖在寂寞凄冷的沙洲。

定风波
【宋】苏轼

选篇 3

三月七日，沙湖①道中遇雨。雨具先去，同行皆狼狈，余独不觉。已而遂晴，故作此词。

莫听穿林打叶声，何妨吟啸②且徐行。竹杖芒鞋③轻胜马，谁怕？一蓑烟雨任平生。

料峭④春风吹酒醒，微冷，山头斜照却相迎。回首向来萧瑟处，归去，也无风雨也无晴。

注释　①沙湖：在黄州（今湖北黄冈）东南。
　　　②吟啸：指高声吟咏。
　　　③芒鞋：指草鞋。
　　　④料峭：形容天气微寒。

译文　宋神宗元丰五年（1082）三月七日，在沙湖道上遇上了下雨，带着雨具的人先走了，同行的人都觉得很狼狈，只有我不这么觉得。过了一会儿，雨过天晴，就作了这首词。
不要去注意穿林打叶的雨声，不妨高声吟咏从容前行。拄着竹杖、穿着草鞋，走起来比骑马还轻便。怕什么风吹雨打，披着一身蓑衣，照样走在人生路上。
微凉的春风将酒意驱散，身上感到微微寒意。天气初晴，山头的斜阳送来一股暖意。回头再看一路走来的风雨萧瑟之处，我信步归去，管它是风雨还是晴空。

渔家傲
【宋】李清照

选篇 ④

天接云涛①连晓雾，星河②欲转千帆舞。仿佛梦魂归帝所，闻天语，殷勤问我归何处。

我报路长嗟日暮，学诗谩有③惊人句。九万里风鹏正举。风休住，蓬舟吹取三山④去！

注释　　① 云涛：一说指如波涛一样翻滚的云，一说指如云般的海涛。
　　　　② 星河：指银河。
　　　　③ 谩有：谩，同"漫"，徒然的意思。谩有，指空有。
　　　　④ 三山：指神话中的蓬莱、方丈、瀛洲三座海上仙山。

译文　　水天相接，云涛滚滚，晨雾蒙蒙。银河流转，无数的风帆在海浪上漂浮。梦魂仿佛回到了天庭，听见天帝在对我说话，殷勤地问我要去往哪里。

我回报天帝说，路还很漫长，现在已是黄昏还没到达。纵然我学诗能写出惊人的句子，又有什么用呢？九万里长空，大鹏正冲天而上。风啊，千万别停息，将这载着我的一叶轻舟，吹到海上三座仙山那里去吧！

临江仙·夜登小阁，忆洛中旧游
【宋】陈与义①

选篇 5

忆昔午桥②桥上饮，坐中③多是豪英。长沟流月去无声。杏花疏影里，吹笛到天明。

二十余年如一梦，此身虽在堪惊。闲登小阁看新晴。古今多少事，渔唱起三更④。

注释　　① 陈与义：1090—1138，字去非，号简斋，洛阳人，南北宋之交的诗人和词人。

② 午桥：位于洛阳城南边。

③ 坐中：指的是在一起喝酒的人。

④ 三更：指的是午夜。

译文　回想当年在午桥上畅饮，在座之人都是英雄才俊。月光随着流水无声无息地流逝。对着稀稀疏疏的杏花花影，吹笛直到天明。二十多年的经历如同梦一般，我虽然身还在，回忆起那些经历依然惊心。闲来无事登上小阁楼，观赏雨后初晴的美景。古今多少历史兴亡事迹，渔夫把它们编成歌，在半夜吟唱。

念奴娇·过洞庭
【宋】张孝祥①

选篇 ⑥

　　洞庭青草②，近中秋，更无一点风色。玉鉴③琼田三万顷，着我扁舟一叶。素月分辉，明河④共影，表里俱澄澈。悠然心会，妙处难与君说。

　　应念岭海⑤经年，孤光自照，肝肺皆冰雪。短发萧骚⑥襟袖冷，稳泛沧浪⑦空阔。尽挹（yì）西江⑧，细斟北斗，万象为宾客。扣舷独啸，不知今夕何夕！

注释　① 张孝祥：1132—1170，字安国，号于湖居士，乌江（今安徽和县）人，南宋词人。

② 青草：指的是青草湖，在今湖南岳阳，属南洞庭湖。

③ 鉴：指镜子。

④ 明河：指银河。

⑤ 领海：一作"领表"，指岭南两广地区，诗人曾在广西为官。

⑥ 萧骚：形容稀疏的样子。

⑦ 沧浪：一作"沧溟"，指青苍色的水。

⑧ 尽挹西江：舀尽长江水。挹，舀。西江，指长江。

译文　洞庭湖接连着青草湖，浩瀚无边。中秋将至，没有一点风吹的痕迹。湖面平静清澈，像白玉磨成的镜子，又像美玉铺就的田地，三万顷的湖面上，只漂浮着我这一叶扁舟。月光皎洁，星河灿烂，这浩瀚的玉镜中倒映着她们的芳姿，水面水下都澄澈一片。悠游自在，体会着这美妙的景象，却不知道该如何将这妙处与君分享。

想一想在岭外这段时间，月光本就在照耀陪伴，自己的心胸全部像冰雪一样明洁澄澈。而如今的我，须发稀疏，穿着单薄的衣衫，在这浩渺沧溟中平静泛舟。让我舀尽江水，用北斗七星做成的勺子细细斟酒，请天地万象来做我的宾客。我拍打着我的船舷，独自放歌，哪还记得此时是哪年！

清平乐·村居
【宋】辛弃疾

选篇 ⑦

茅檐低小，溪上青青草。醉里吴音①相媚好，白发谁家翁媪（ǎo）?

大儿锄豆溪东，中儿正织鸡笼。最喜小儿亡赖[2]，溪头卧剥莲蓬。

注释　① 吴音：指吴地的方言。这首词是辛弃疾在带湖（今属江西）时写的，这个地方在当时属于吴地，因此这个地方的方言叫吴音。
② 亡赖：同"无赖"，这里是淘气的意思。

译文　茅草盖的屋子又低又小，溪边长满了碧绿的小草。略带醉意的吴音呢喃，听起来温柔又美好，那满头白发的老翁和老妇是谁家的啊？

大儿子在小溪的东边锄豆，二儿子正编着鸡笼。最疼爱的小儿子淘气，正躺在溪边剥着莲蓬。

西江月·夜行黄沙[1]道中
【宋】辛弃疾

明月别枝惊鹊，清风半夜鸣蝉。稻花香里说丰年，听取蛙声一片。

七八个星天外，两三点雨山前。旧时茅店[2]社林边，路转溪桥忽见[3]。

注释　①黄沙：指黄沙岭，在今江西上饶的西面。
　　　②茅店：用茅草盖成的旅店。
　　　③见：同"现"。

译文　明月当空，月光掠过树枝，惊飞了枝头的喜鹊。晚风清凉，半夜里传来阵阵蝉鸣声。田地里稻花飘香，蛙声不断，仿佛在告诉人们，这是一个丰收年。
　　　天边有几颗星星闪烁，山前小雨淅淅沥沥。我转了个弯，走过溪边的小桥，那土地庙旁树林间的茅屋小店突然出现在我眼前。

太常引·建康中秋夜为吕叔潜赋
【宋】辛弃疾

选篇 9

　　一轮秋影转金波，飞镜①又重磨。把酒问姮娥②：被白发，欺人奈何？

　　乘风好去，长空万里，直下看山河。斫（zhuó）去桂婆娑③，人道是，清光更多。

注释　①飞镜：比喻月亮。
　　　②姮娥：指嫦娥。
　　　③斫去桂婆娑：砍掉月亮上树影摇曳的桂树。传说中在月亮上有桂树。斫，砍。

· 154 ·

| 译文 | 中秋的一轮明月洒下金波,好像一面刚刚磨洗的铜镜飞上了夜空。举着酒杯,我向嫦娥问道:白发越来越多,欺我拿它没办法,叫人如何是好?
正好乘着风遨游,在万里长空中翱翔,俯瞰万里山河。还要砍掉月亮中树影摇曳的桂树,这样会让月光增辉不少。 |

南乡子·登京口北固亭有怀
【宋】辛弃疾

选篇 ⑩

何处望神州?满眼风光北固楼。千古兴亡多少事?悠悠①。不尽长江滚滚流。

年少万兜鍪(móu)②,坐断③东南战未休。天下英雄谁敌手?曹刘。生子当如孙仲谋。

| 注释 | ① 悠悠:漫长而悠远。
② 兜鍪:指头盔,这里代指士兵。
③ 坐断:指占据、坐镇。 |

| 译文 | 在哪里可以眺望中原?就在这北固楼上,满眼都是好风光。古往今来,多少国家兴亡大事在这里上演?漫长而悠远,就像这滚滚长江,连绵不绝。
孙权年轻时就率领千军万马,占据了东南,征战不休。天下英雄谁是他的敌手?只有曹操和刘备。连曹操也感叹:"要生男儿,就应该像孙仲谋这样啊!" |

图书在版编目（CIP）数据

趣讲宋词. 从东坡居士到一代才女 / 夏昆著；摩崖绘. — 成都：天地出版社, 2023.6
ISBN 978-7-5455-7512-5

Ⅰ.①趣… Ⅱ.①夏… ②摩… Ⅲ.①宋词—诗歌欣赏—儿童读物Ⅳ.①I207.23-49

中国国家版本馆CIP数据核字(2023)第019267号

QU JIANG SONGCI CONG DONGPO JUSHI DAO YI DAI CAINÜ
趣讲宋词·从东坡居士到一代才女

出 品 人	陈小雨　杨　政
监　　制	陈　德　董曦阳
作　　者	夏　昆
绘　　者	摩　崖
责任编辑	徐　宏　范　琼
责任校对	马志侠
美术编辑	曾小璐
排　　版	金锋工作室
责任印制	刘　元

出版发行	天地出版社
	（成都市锦江区三色路238号　邮政编码：610023）
	（北京市方庄芳群园3区3号　邮政编码：100078）
网　　址	http://www.tiandiph.com
经　　销	新华文轩出版传媒股份有限公司

印　　刷	北京雅图新世纪印刷科技有限公司
版　　次	2023年6月第1版
印　　次	2023年6月第1次印刷
开　　本	889mm×1194mm 1/16
印　　张	10.5
字　　数	99千
定　　价	39.80元
书　　号	ISBN 978-7-5455-7512-5

版权所有◆违者必究
咨询电话：（028）86361282（总编室）
购书热线：（010）67693207（市场部）

如有印装错误，请与本社联系调换